读者丛书

DUZHE CONGSHU

行走在山河相依的城市

读者丛书编辑组／编

读者出版传媒股份有限公司
甘 肃 人 民 出 版 社

图书在版编目（CIP）数据

行走在山河相依的城市 / 读者丛书编辑组编. -- 兰州 ：甘肃人民出版社，2019.4
（读者丛书. 人文甘肃读本）
ISBN 978-7-226-05435-2

Ⅰ. ①行… Ⅱ. ①读… Ⅲ. ①散文集－中国－当代 Ⅳ. ①I267

中国版本图书馆CIP数据核字(2019)第069760号

总 策 划：马永强 李树军
项目统筹：李树军 党晨飞
策划编辑：党晨飞
责任编辑：张 菁 王建华
封面设计：久品轩

行走在山河相依的城市
读者丛书编辑组 编
甘肃人民出版社出版发行
（730030 兰州市读者大道 568 号）
甘肃新华印刷厂印刷

开本 787毫米×1092毫米 1/32 印张 6.625 插页 2 字数 132 千
2019年4月第1版 2019年4月第1次印刷
印数：1~5 050

ISBN 978-7-226-05435-2 定价：24.00元

目　录

CONTENTS

一团美玉似的敦煌

阿　来

对我来说，世界上从来没有一个地方，那样反复阅读在心，又从未身临其境。不是没有机会，而总是觉得要再做准备，再做些准备。这次前去还是没有做好准备。好多地方，都是叫自己早些去，早些去吧。偏偏这个地方，总对自己说，还得知道再多一点，再多一点。

这个地方，就是敦煌。

中国境内的丝绸之路沿线，好些地方都去过不止一次。只有今年，就去过吐鲁番，看高昌和交河。又入天山，去伊犁河谷。不久前，再去武威，为我向导的作家朋友叶舟已经做了从武威穿河西走廊直上敦煌的安排，但我还是取消行程，飞回了四川。

这次却因为不能推辞的活动，不得不上路了。

其实，有时候自己也不知道这到底是因为什么。唯一的理由，似乎是这地方的文化遗存如此丰富。丰富的另一种表达，就是复杂。丰富或复杂，正是头绪繁多的深远历史决定的。总在纸上读历史。以前读过的不算，今年又重读唐代的边塞诗与凉州词，读斯坦因和伯希和的考古记录，读林则徐和谢彬的西行日记。其间敦煌这个地名，是最吸引我的字眼。当然，还有那些传法和求法路上中西僧人的行迹。这个地方，法显去过，鸠摩罗什来过，后来，唐玄奘去过，也来过。

还有那么多不同民族的身影在这条曾经的国际大通道上出现过，那么多不同的语言在这个时空中响起过。他们彼此刀兵相向，用那些语言嘶喊；他们交易，用那些语言讨价还价；他们和亲通婚，用那些语言歌唱。这些人血缘驳杂而精神健旺。他们传播并接纳彼此的文化，用不同的语言讲述儒家和道家的经典；讲述祆教、景教和佛教的教义；他们从不同的方向彼此走近，用不同的语言彼此打探互为远方的消息：国家、人民、信仰，风习、工具、衣冠，以及物产。

命名了丝绸之路的李希霍芬谈到张骞通西域这段历史时，不是只注意军事与政治的角力。他说："张骞建立了关系，使得其后几年里能把栽培的植物传到中国来。"

有记载说，张骞通西域发现中亚的汗血宝马时，注意到这种马嗜食的草料是中国没有的苜蓿。于是，他从大宛国带回了苜蓿种子。汉武帝命人在皇宫旁的空地上遍植此草。这样的历史细节，中国史书中也有记载。比如创作于6世纪的《述异记》还记有此草由来：“张骞苜蓿园在今洛中，苜蓿本胡中菜，骞始于西国得之。”

后来，这种本是牧草的植物还进入了中国人的食谱。南北朝时期的陶弘景留下了这样的文字记录：“长安中有苜蓿园，北人甚重之，江南不甚食之。”

张骞从中亚带回的植物还有如今广泛种植的葡萄。

这些植物已然改变了中国大地的面貌，也改变了中国人的生活。

“葡萄美酒夜光杯，欲饮琵琶马上催。”

人是饮了葡萄酒的人，马是食了苜蓿草的马，何况还有琵琶！

“凉州七里十万户，胡人半解弹琵琶。”

琵琶就是敦煌石窟飞天女手里的那个琵琶。乐音响起时，苜蓿花已经在中国原野开放，葡萄藤正在中国田园的篱架上攀爬。这些植物都曾和携带他们的远行者一起，经过了敦煌。

飞机下降，敦煌在望，在机翼前方。我从舷窗俯瞰，看见过去被称为南山的祁连，积雪的山峰，绵延的山脉。融雪水顺着清晰的沟岔流下。有些流进了绿洲，有些还未及滋润出一点绿色，一丛草，一根树，一个村庄，就在赭红色的荒漠中消失不见。

这时，我想到的不是敦煌那些著名景点，只是专注地眺望着雪山水浇灌的绿洲。最迫切的愿望就是要亲手触摸到融雪水滋润的绿色，要到绿树环绕、田畴整饬的绿洲上走走看看。

一下飞机，我就走向绿洲，这很容易，因为敦煌这个城市就置身于绿洲中间。

一条水渠把我引向了田野。

我看到了田野里的葡萄园，看到了刚过花期的苜蓿草。两千年过去，它们已经从汉代皇家宫苑中种植的西方异草，逸生为寻常的野生植物。我在渠边的白杨树下发现了它们，不是很多，但确实是苜蓿。我所以留意于此，是因为法国人伯希和于 1908 年到达敦煌的时候，也注意到这种可作中西交流史证明的植物。他认为，张骞当年是在康居国采集到的苜蓿种子。他在日记中写道："在新疆，到处都是苜蓿。""到达敦煌以来，我们就再也见不到它们了，也可能直到北京都再也见不到它们了。"此前，我曾在走进敦煌南倚的祁连山中时，见到过逸生到野外的苜蓿。伯希和写这篇日记的时间是 2 月 24 日，那时的敦煌还没有春天的气息，那些去秋枯萎的植株早就被风沙摧折扫荡干净了，所以他才没有发现吧。

敦煌是有苜蓿的，而且古代敦煌还种植苜蓿。敦煌遗书中有这样的记载："五月廿日，粟四斗，垒苜蓿园……"这是说，用了四斗粟，付雇人垒苜蓿园的工钱。苜蓿不只是优良饲草，青嫩的苗尖还可以作为蔬菜食用。最新版的《敦煌市志》对古代敦煌农作物考据详细，将苜蓿列为古代敦煌主要的八种蔬菜之一。"茎叶嫩时可做蔬菜，苜蓿花可以提取香料。"并引敦煌遗书，某年端午节一位陈姓小吏送上司贺节礼："香枣花两盘，苜蓿香两盘，青木香根两盘，艾两盘，酒两瓮。"真是清雅可爱。

敦煌此地，即便不是从复杂的历史、文化、语言寻找入口，就是从一株野草闲花、一种看似寻常的植物入手，其蕴含也是如此丰富，如此充满历史况味。我走过一些麦地、一些瓜田、一些果园，灌溉这片绿洲的渠水在白杨树阴凉下哗哗流淌，在阳光下闪闪发光。

在这里，植物也是我自己的历史课上的生动材料。

西域的植物经过敦煌东来中国。中国的植物也借由丝绸之路，经过敦煌去往了世界。美国人劳费尔关于物质交流史的著作《伊朗中国编》就说道，中国的桃和杏就是借由这个通道传到了外国。劳费尔说："尽管出产野杏树的地带从突厥斯坦一直延伸到逊加里亚，蒙古东南部和喜马拉雅山，但中国人从古代起就最先种植这种果树，这却是一件历史事实。""以前的作者把桃杏向西方移植这件事很公平地看作与中国在张骞出使西域之后和西亚来往密切是有关联的。"

关于中国的桃树在印度的出现，玄奘在《大唐西域记》中也有记载。印度有一个叫司乞特的王国，一名叫作加腻色迦的国王在朝时，一些甘肃河西人到了那个王国，这位国王善待这些来自中国的人，分配给他们土地和宅邸。他们居住的地方就叫中国地。这些中国人在中国地上栽种了他们带来的桃和梨。以后，这个王国的人就把桃叫作"至那你"，意思就是中国桃。而中国梨

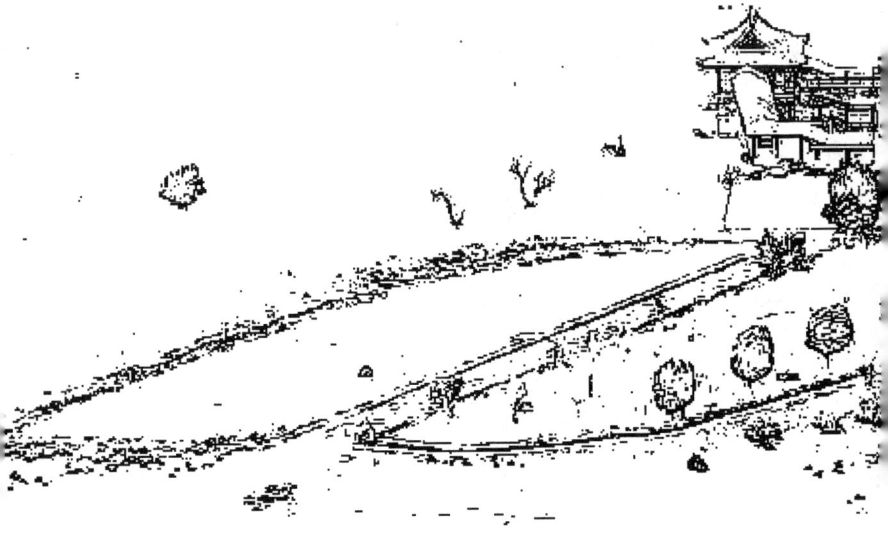

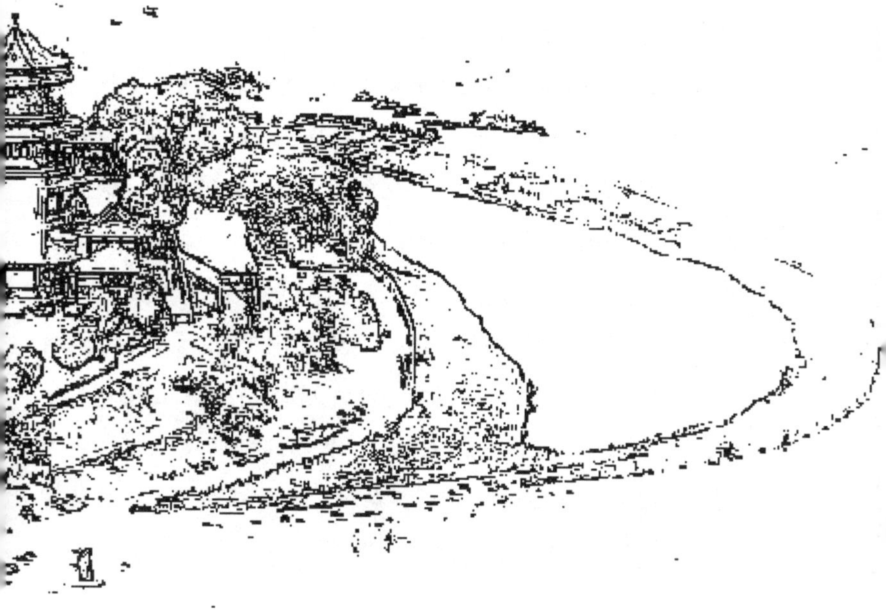

月牙泉

的名字则叫作“至那罗阇弗旦逻”，意思是中国王子。

唐玄奘去印度求法取经时，经过敦煌时虚心苦身，回来再经敦煌，除了满心佛学上的正知正见，还从异国带回了这样美丽的中国故事。“人面不知何处去，桃花依旧笑春风。”那些当年进入印度的中国人的行藏早就无有踪迹，但桃花却在异国春天永远开放。

晚上，在酒店吃着醒酒的瓜，又想起这些汁液甘甜的果实的来历，想起它们对不同自然条件与文化习惯的适应，想起因此而起的品种改良与增加。更想起它们的流布，敦煌都是一个绕不开的中转站。

这里是一个国际性的文明集散地、文化中转站。

这里发生的故事，不止有不同族群间的流血冲突，不只是不同文化在生存竞争中一较高下，还有交往、交流、交融。交融是最终的结果。即便最初的形式，文明的竞争以流血开始，最后的结果还是相互融合。即便是失败的一方，也还向胜利的一方输送了某些生命基因与生存的智慧和经验。在我们这个国度，大多数人的历史观的养成靠那些演义体的小说或小说体的历史书。网络时代了，这种历史观反倒得以更方便地蔓延。在这种历史观的笼罩下，民族间的历史就是战争故事。每个人心中都是一部胜者为王败者为寇的简洁版攻伐史与谋略史。随便哪朝哪代都是某朝“那些事”，而真正的历史应该是一部文明成长史。

……

（摘自“中国作家网”，2018年7月3日）

敦煌抒感

常书鸿

看过电影《昆仑山上一棵草》的人，认为这棵草所以可贵，在于它生长在冰天雪地、风雪冲刷的高原上，不但忍受着严酷自然气候的考验，而且还能顽强地开出美丽的花朵。敦煌之所以迷人，令人向往，同样在于它僻处祖国西北边疆，在寸草不生的祁连山下，在千里戈壁、瀚海风沙中，矗立着闻名于世的敦煌莫高窟。一两千年以来，人们靠着鸣沙山和三危山之间自南到北的一溪岩泉细水，在严寒酷暑、黑风黄沙之中，以不屈不挠的顽强意志，从培养一根草开始，于是一株树、一棵果木，粮食、蔬菜……在平沙万里中，创造出一个风景如画的绿洲。多少年来，无数的建筑师、石匠、画工和塑匠，他们来自中原或更西更远一些地区，以充沛的毅力，在悬崖峭壁上，开山凿窟，抹泥刷粉，从五胡十六国开始，经过北魏、隋、唐、五代、宋、西夏、元，一千余年间，世世代代前仆后继的不断努力，开凿了一千多个洞窟，创造出这个绵亘二十余里，如此惊心动魄、伟大瑰丽、举世无匹的莫高窟画廊。

现在的敦煌是清雍正三年（1725 年）设县的。那时钱塘人汪德容经过敦煌时就写过："今寺已久湮，而图画极工。"到了嘉庆末年（1820 年），西北史地专家徐松又在他的《西域水道纪》中，对莫高窟做了详细记述。光绪五年（1879 年）匈牙利人洛克济第一次以欧洲人的身份来游莫高窟，这个意外的发现使他大为惊叹。莫高窟震动世界的大事，是众所周知的光绪二十六年（1900 年），人们从一个密藏的石室发现了几万卷名贵古抄本书和其他无数宝藏，并且保存得完完整整。这一震动世界的发现，使专以盗窃世界文化珍贵遗产为职业的帝国主义文化间谍接踵而来，用种种阴谋诡计盗走了大批古代文物和壁画。

敦煌莫高窟这一漫长的历经 1600 年的历史文物宝库，轮到我知道时，已经很晚了。在 20 世纪 30 年代，当时我在国外看到斯坦因、伯希和从敦煌劫去的具有高度艺术水平的唐代前后的绢画和手抄本，大为惊异，就渴望到敦煌去做一回详细考察。十年以后，终于实现了这个愿望。

那是距今 20 年前的事了。当时通向敦煌的汽车路尚未修通。

我们五六个初次出塞的旅客，在安西雇了十几头骆驼，向荒无人烟的戈壁滩艰苦地前进。经过了三夜两天的饱受困乏和饥渴的行程之后，当我们对着鸣沙山、三危山的方向，从新店子转向南行上了二层台子时，一个土塔忽然在我们的视线中出现了。它在中午炽热的日照下，真像瀚海中的灯塔一样，闪闪发光。带路的驼夫指着土塔告诉我们：敦煌莫高窟快要到了。我们听了十分兴奋，一步一步接近着土塔。这时候，我在骆驼背上，从一个陡坡看下去，发现峡谷中一片光彩耀目的绿树，白杨流水，花树成荫，真是别有一番天地！突然间，驼铃失却了原有的节奏，骆驼紧张地加快了脚步，一时间，在狭隘而堆满了流沙的下坡路上，争先恐后地跑起来。尽管驼夫挥动鞭子，大声吆喝，还是无济于事，十几头骆驼一拥而下，我们被摇摇摆摆地拖下了斜坡。一下坡，骆驼便奔赴泉水边排成不规则的行列，低下头去狂饮了。这时几个善骑的小伙子，也迫不及待地跃身而下，向前跑去。我虽然被不听话的骆驼作弄得很难受，却还是喜笑颜开地展视这一片豁然开朗的新天地。“是一个塞外江南呀！”我独自思忖着。当时那种喜悦的心情，和正在饱饮清泉的骆驼，和那些早已跑到上寺去为我们安排生活的小伙子们，几乎是一样的。

20 年很快地过去了。在这一段长长的岁月里，我们的国家全变了样子，敦煌一切自然也今昔不同，特别是解放后这十多年。在敦煌，我前后大约接待了 5000 个前来参观的客人。虽然他们的感受不完全相同，但对这一片豁然开朗的新天地的赞赏，却完全是一致的。现在，当我在敦煌的工作跨入第21个年头的时候，窗外和暖的风和不知从哪里飞来的翠鸟清唱声，打破了莫高窟的平静。柳树在春风的熏沐中最先穿上嫩绿的新装，园子里的杏花正在一树接一树地怒放，梨花和桃花也都含苞欲吐。一支春天的颂歌，正在自远而近、由低渐高地吟唱着，这歌声响彻了莫高窟的天空，灌满了沙漠绿洲的每个角落。

就在这时候，一连好几天，我都在等待一个事先约好要来这里参观的客人。这是一个月前我来敦煌时，在兰州—乌鲁木齐直达快车上认识的一个旅客，他当时由北京去新疆工作。我们虽然是萍水相逢，但在两天一夜的旅途生活中，已然成了很相知的朋友了。我们两人同住在一个房间中，除了吃饭时间外，总是聊天，夜间很晚才入睡。1963年2月27日零点开始，我们听到了人民日报《在莫斯科宣言和莫斯科声明的基础上团结起来》的社论广播。彼此都非常兴奋，从国际形势谈到了当前的工作，谈到了我国六亿人民在伟大而坚强的中国共产党、毛主席和中央人民政府的正确领导下，这几年来如何战胜一切困难，自力更生，以勇往直前的豪迈步伐，进行着宏伟而壮丽的社会主义建设，就像兰州—乌鲁木齐的直达快车一样，用飞快的速度，冲破了戈壁沙漠上的夜色，奔向更加绚烂的前方。

火车出了嘉峪关，正在沿着旧时阳关古道蜿蜒前进。两千多年前，汉武帝的特使张骞正是由这条路，经过千辛万苦，突破匈奴的封锁线，历经13年的长期斗争，终于到达大夏国（今阿富汗），从而开拓了中西交通要道，沟通了中西文化与贸易的交流。当时出口的中国精美丝绸锦绣，曾丰富了世界物质文化的内容。敦煌这个地方就是中西交通要道上的一个中间站。汉唐以后，一千多年来，这条路一直被西方国家称为“绢丝之路”。如今，在我们社会主义建设的时代，把它铺了钢轨，变成一日千里的“钢铁之路”了。但两千多年前的“丝路”和汉代长城及防御匈奴的烽燧遗址，还是断断续续遗留在茫茫的戈壁上，可以从列车窗外的淡淡月色中，依稀地见到。这些历史的陈迹，使我们想象到当时在这条丝路上成千上万的骆驼，背上驮着长安、成都和齐鲁生产的锦绣绫罗，络绎不绝兼程赶路的情形，也使我们想象到那些年富力强、不畏寒冷与孤独，雄健地站在烽燧上向西北方瞭望着的汉唐时代保卫祖国边塞的戍卒。由对这些戍卒的想象，使我们以更加深厚亲切的情感，惦念起如今坚守在祖国边疆的人民解放军战士——这些钢铁打就的英雄，毛泽东时代的坚强战士，他们是我们民族的骄傲、历史的想象和现实的联系，使我们不能不感到过去到现在的巨大变化。假若说，两千年中国的历史，是缓慢地从封建社会到半殖民地半封建的社会，那么，我所亲历的这20年的变化，却是了不起的历史变革的巨大跃进。拿我亲身经历的事情来说吧，当时在饥寒与困顿中，骑在骆驼背上摇摇晃晃三天三夜，才走完自安西到敦煌三百华里的行程。而今天，我们却在软席卧铺上，只经历一天一夜的时间，就几乎完成了两千华里的长途旅行。在极度兴奋和激动中，我情不自禁地向同行的朋友讲述了我过去在这个地区的种种遭遇。朋友听我讲完之后，向我伸出一只热情而温暖的手。紧紧地紧紧地握着我的手，使我又从往昔的记忆里，返回到现实的生活中来了。一股两个人共有的时代幸福之感，使我们的眼睛热烘烘的……是谁，是谁给我们这样大的幸福呀？于是，我们想到了先烈们，想到了我们的党，以及数不清的、以冲天的革命干劲献身于社会主义建设事业的亿万劳动人民。

“过一个月，我完成了新疆的工作后，在返回途中路经柳园时，我一定到敦煌去看你和你们的塞外江南！”在车站分别时，朋友对我说。一个月很快地过去了。今天，我正在怀念火车上遇到的那位朋友，忽地一辆小吉普送来了一位客人，细看时，正是我所盼望的朋友。“真是塞外江南！”他一看到我出来，欢乐得几乎喊叫起来。并且指着旁边的溪水微笑着对我说，“这就是当年骆驼在此狂饮的岩泉吧？”我们边谈边笑地走进宾馆的休息室。这时，院子里两棵怒放的杏树，正从玻璃窗中反映进来，使房屋的墙壁上呈现出一片桃色的光彩。“这个地方太好了，真是个桃源仙境！……可还是把我带到洞子里去看看那些好看壁画吧。”他不住地赞叹着环境。他是那么紧张地从北魏早期旧窟开始，然后隋唐宋元五代，一口气也不歇地看了五个钟头。因为他必须赶乘当夜柳园到兰州去的快车，这样，我们就不可能按照一月前在火车上计划的那样，再在千佛洞做深夜长谈了。终于在新月和电灯光的交织中，迎着傍晚清凉的春风，送别了我的朋友。

云彩遮盖了新月，一阵比一阵凉的夜风，使我预感到，从中午摄氏二十三度的气温，黎明前可能会一直下降到三度左右。有人也许会担心，这将会使那些白天没有绽开的花朵受到冻伤。然而这些顾虑是多余的。每年春天，一样的冷热气温的剧烈变化，一样的花开花谢！风霜锻炼了一切。这里长出了别处没有的鲜甜脆嫩的“李广杏”和“香水梨”。对于农作物生产来讲，由于这里水土含碱量大，全年无霜期短促，因此，除掉一般的耕作劳动外，必须多上肥，勤翻土，常日晒；为了中和水土的碱化硬化，还要把一车一车的沙子掺和在土和肥料中。如果要农作物随着时序好好地生长，就得严格掌握季节变化的规律。春分、清明、小满，是三个对塞外粮棉及其他经济作物而言的重要节气。必须分别种子性能，一一按时下种。“不违农时”这句话的含义，没有像塞外农民这样真正理解得深刻了。

气温的突变，往往使工作量成倍地增加。越是在季节更替的时候，沙漠中的气温变化就越大。譬如这几天，杏花梨花满树满园地开得十分兴旺，忽地来一阵七级到九级的黑风黄沙，就可以使这些花树一夜凋零。再譬如，昨天中午气温已达到摄氏二十三度，可是今天黎明忽然来了一个零下五度的霜冻！幸好现在有及时的气象预报，农民们能够及时预防。为了战胜霜冻，有多少次，我在敦煌亲眼看到人民公社的男女老少，用自己的棉被、衣物和其他东西，细心覆盖在棉苗上。从黎明的晨光中，就可以辨认出一层小雪一样的白霜粉末，撒在盖满了整块大棉田的各色各样的东西上。看了这样的奇景，使我特别感动。记得1958年，曾遇见一次突然袭来的严重霜冻。当时我正在一个公社大队，亲眼看到了社员们在这场和自然灾害的斗争中，表现出保卫社会主义集体劳动果实的高贵精神。那是一个五月之夜，寒气逼人。这一夜，全公社不分男女老少，全部出动参加了抢救工作。每家都把自己的被褥、衣物、柴草，直到木板、报纸、书本等等，一切能够抵御霜寒的东西都拿了出来。我走进一个农民家里，土炕上只留着一位年老的妇女，怀里抱着一个熟睡了的小孙女。我向她招呼后，在灯光中认出是张大嫂。我问："大嫂，你这夜里没有盖的，不睡觉能行吗？"张大嫂笑着对我说："哪里话呀，好所长！你到这里20年，不是不知道，解放前我们这里的人是如何过冬的！如今解放了，大家翻了身，有了花缎被，花床单，眼下有霜冻，我们在炕上坐一两晚怕什么，怎能自顾自，忍心把队里的棉苗白白冻死在地里？"她这一番从肺腑里倾吐出来的话，使我回想起我刚来到敦煌的时候，看到这一带的农民被国民党马匪帮的一次洗劫。青壮年被抓去当了兵，家中的东西，包括仅有的被褥等，全被抢光！冬天来了，为了御寒，在精光的土炕上，垫满了沙和草，一家老小就靠着炕底下燃着的马粪，把身体埋在沙草中度过漫长的冬夜。

这就是敦煌人的今昔。

如今，生活在这号称"塞外江南"的劳动人民，也像全国其他各地的人民一样，正在以空前高涨的热情，从事着伟大的社会主义建设。他们用自己的双手，创造和过去完全不同的世界。假如人们认为，“塞外江南”的风光是新鲜与可爱的，那么，那些世世代代在塞外与严酷自然斗争中锻炼出坚强性格、从来不知道在困难面前低头的敦煌人民，会使他们感到更可爱！

1963 年 4 月 1 日于莫高窟杏花盛开的早晨

（摘自《年代》1963 年 10 月期）

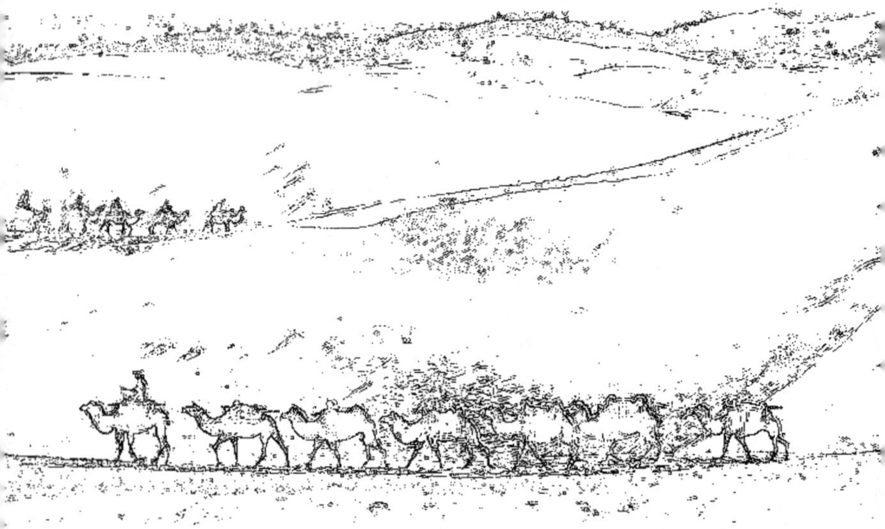

大漠敦煌

迷雾重重的敦煌藏经洞

拓晓堂

敦煌藏经洞是1900年5月发现的，仅仅是关于发现经过的传说就有好几个版本。一种说法是道士王圆箓喜欢抽烟，抽完烟之后在墙上磕了几下烟锅，结果就磕出了藏经洞。还有一种说法是在清理流沙时发现了藏经洞。总之版本不一，至今仍是一个说不清的故事。

藏经洞发现之后，并未引起世人重视。直到1907年，英国探险家斯坦因来到敦煌，从王圆箓手中用低价买到大批敦煌经卷，敦煌的学术意义和价值被介绍到海外，产生了深远的影响，才真正标志着敦煌藏经为世人认知。当时，王道士仅仅知道敦煌的经卷价值连城，但他对其文物价值和史料价值却没有任何概念。对于斯坦因而言，虽然对中亚文字有所研究，却完全不懂中国文字，所以他也仅仅因为敦煌经卷是一批古物而视如珍宝，并不完全了解敦煌经卷所具有的价值。

敦煌经卷被发现的 20 年之后引起了国际学术界的重视，现今的敦煌学已经成了国际上热门的研究内容，至今长盛不衰。

敦煌学现存的基本问题，如同它的发现一样，是扑朔迷离的事情。由于它的发现并没有像考古那样有完善的科学步骤和详细记录，所以敦煌经卷的发现给后世留下了许多疑团。

首先，敦煌为什么有藏经洞？为什么藏这批经书？按照以往学术界观点，大致有如下说法。

伯希和宝藏说。与斯坦因不同，伯希和是汉学家，并亲自在藏经洞内部钻研了 3 个星期，他根据研究藏经洞内的最晚经卷的时间，确定藏经时间为 11 世纪上半期。其次，伯希和所看到的藏经洞，一片杂乱无章，证明了当时的情形万分紧急。这与当时西夏人入侵敦煌的历史不谋而合，所以藏经洞是珍贵经卷的避难之所。在王道士的盗窃和斯坦因的洗劫之后，藏经洞仍留下经卷文物近 2 万件，数量极其可观。所以，从封洞时间、封洞原因到洞中经卷数量，伯希和都做了详尽的描述，他的观点也被编撰成书出版，影响深远。他分析藏经洞应该封闭于 1050 年之后，晚于 1036 年西夏人入侵敦煌的时间。但他却没有说明修建藏经洞的原因。所以，并不是主流观点。

方广的废弃说。何为废弃物，就是没有用的垃圾。理由是藏经洞经卷非常零碎，不成体系，但是中国有一个传统，敬惜字纸，只要写过字的经卷便要尊重，所以，从这个角度把它留了下来。

时间跟伯希和的说法一致，在 1036 年西夏人入侵略敦煌之前，寺庙进行了一次文献清理，并封存于现今的“藏经洞”中。

当然，也出现了一些新观点。北京大学荣新江认为经卷仅仅是敦煌寺庙里的图书被封存于洞中。它既不是宝物，也非垃圾，而是寺庙中的供养物。至于封洞时间和原因，他认为是公元 1000 年前后，主要原因是敦煌寺庙怕受到劫掠，所以急忙做了封存。其中，荣新江认为经卷是一捆一捆地放置于藏经洞中的，这说明经卷经过整理，而非伯希和所言没有程序、没有章法地随意堆放。这与伯希和的说法也有着明显的冲突。苏州戒幢佛学研究所文正义认为，藏经洞经卷可以类比于佛塔的装藏，藏入佛经作为镇塔之物，经卷相当于一种供养物，也可看作舍利之用。

实际上，我认为后两种说法都存在着一定的问题。因为敦煌藏经洞中所藏并不完全是佛经，至少有 5%~10% 是俗家的东西，比如儒家经典，还有小说、骈文等不一而足。俗家的东西占到如此分量，舍利子之说更是无从谈起了。

我去过敦煌的藏经洞，也有自己的观点。

我发现敦煌藏经洞的洞口是一幅西夏风格壁画，而根据研究，这幅壁画有两层，上面一层为西夏绘制，下面还有一幅唐代壁画。如果藏经洞是唐代开凿，按照前面所说西夏人入侵之前封洞之说，那么现在这幅藏经洞洞口壁画应该是不存在的，也就是说在这幅唐代壁画上明显有一个洞口，西夏人不会看不到。并且，西夏人要在唐壁画上画自己的壁画，由于墙面光滑，泥是不能直接抹上去的，西夏人便在唐人壁画上敲出无数的洞，才能抹上一层泥，这都是被证实过的。所以，西夏人一定知道这里有一个洞，藏经洞一定为西夏人所封闭，年代应该在公元 1080 年西夏人入侵之后。

如此说来，藏经的具体原因，既非藏宝说，也非垃圾说，应该是由于西夏文字产生，西夏人推行西夏文化，建立西夏大藏经之后，当时的一切非西夏文化都被列为违禁品封存于洞内，是文化排异的结果。更有意思的是藏经洞内铺砌的砖和洞外相同，据介绍说皆为西夏的花砖。所以说，藏经洞必与西夏人有关。

再者，藏经洞经卷的数量，我有一个大体的估算，应该不会偏差很大。根据当时斯坦因的描述，经卷堆放 10 英尺左右，那么根据藏经洞的长宽高的测算，每一个经卷的高度和直径计算出来的体积，大约只能放下 45000 件经卷，再多则无法容纳，这个数字与方广的说法最为接近。然而，到目前为止，关于敦煌藏经洞的建造时间、建造原因和藏经数量仍旧是众说纷纭，没有形成一个统一的学术结论。

现今最棘手的问题就是社会流传敦煌经卷的鉴定问题。自 20 世纪 30 年代开始，敦煌文物造假便从未间断过。但是，我个人认为，敦煌文物完全可以通过目鉴来进行定案。其中，通过纸、字、藏印等鉴定藏书的基本方法都可以进行鉴定，只要接触过足够多的敦煌经卷，完全可以做到真伪的区分。当然，在目鉴之外还有科学鉴定方法，但是有个时间节点，即在 11 世纪末期之前，这样通过 C_{14} 测定的方法完全可行。敦煌经卷的时间节点都在 11 世纪之前，所以，用 C_{14} 测定应该很准确。

中国嘉德国际拍卖有限公司（以下简称“中国嘉德”）自 2000 年之后，实际上已经多次就宋版书做过此类实验，并证明专家的目测能力和科学鉴定已经相当接近。

中国学术界对于唐人写经的探索不止开始于 1908 年。我举一个例子，在清末，中国学者就开始探索什么是唐人写经。2003 年，中国嘉德一件拍品名为《唐贤写经遗墨》，当时鉴定人是著名书法家赵之谦、魏稼孙，他们也都将其当作了唐代写经。而实际上，1900 年以前藏经洞没有被发现，所以唐人写经非常罕见，因此他们误把宋人写经当作唐人写经。但是，从另一个角度来看，也说明中国学者一直在探索唐人写经。

19 世纪末，明治维新以后，日本的传统文化遭到否定，造成有部分日本写经传到中国。这些日本写经从年代来讲相当于中国唐代，其中最有名的是公元 740 年，日本光明皇后的写经，学术界称这类经为“五一皇后写经”。不像中国敦煌卷子那样年代没有重复，日本这批东西都是落一个款：皇后写经。当时是日本写的，但它的字体和风格由于受唐朝的影响，所以写经字体和格式非常接近唐人写经。传到中国以后，当时中国学术界就把它当作唐人写经。比如说，翁同龢日记里所说的唐人写经，后来我们都看到了，那都是日本写经。可以说，时代够了，但地方搞错了。

中国学者还犯过一个错误，仍旧出现在清代探索唐人写经的问题上。1997 年中国嘉德古籍拍卖，有一件拍品《唐人写妙法莲华经残本》，吴荣光收藏。众所周知，吴荣光是清朝嘉庆、道光时期著名的大收藏家，他当时在经上作一个长跋，却把真正的唐人写经误作为元人写经，整整晚了四个世纪。从现在看来，这件写经残本无论字体还是纸张，都可确定为唐代。

2009 年，我在普林斯顿大学结识了一位女士，已经 90 多岁了。她的丈夫是敦煌壁画的摄影师，当年与张大千几乎同时到敦煌，当时她就陪在丈夫的身边。她家的墙壁上挂满了敦煌残片。她告诉我，当时敦煌沙土里散落着不少经卷的残片。以此，我们能够推断在 1000 多年以前，在其他洞窟里或者残破寺庙中，肯定也有唐人写经卷的存在，并且无人管理。而且，在 1948 年，敦煌周围的小土地庙中也发现过敦煌藏经，虽然数量不多，但非常说明问题，藏经洞之外仍有敦煌写经。

我曾在苏州看到了一卷唐人写经，内有清初笪重光、姜二酉收藏印，清乾隆三十九年（1774 年）间王文治等人（何绍基、王懿荣、张之洞等）题跋。王文治题跋收入《王氏快雨楼题跋》卷三。此经卷经史树青发表文章介绍于《收藏》1997 年第 23 期，定为唐人写经。可见，在乾隆时期，对于唐人写经的鉴定是对的。实际上在1900年王圆箓发现敦煌藏经洞之后，就拿出了几件，送给当时的敦煌知县，其中几件又转到了当时甘肃学台叶昌炽手里，叶昌炽判定为唐代之物，建议收归省城。但由于藩台心痛五六千两银子，就没有落实，放任王圆箓盗取经卷。叶昌炽对这些经卷早已有了正确的年代判断，而且在尽力保护。

所以说，对于敦煌和敦煌写经的重视与研究，中国学者一直在努力，尽管犯了诸多错误，但这一段功绩不应有失偏颇。可以说，中国学术界对于敦煌和唐人写经随着历史变迁实际上有过或错误或正确的认知，中国学者对其判断和探索仍在不间断地进行。

敦煌藏经洞留给我们的疑团远不止这些。因为除去博物馆之外，仍旧有大量的敦煌文物在市场中私下流通，只有在公开拍卖之时才会给敦煌基本问题提供新的研究资料，不断地解开谜团。例如，2010年中国嘉德春拍的《梵天所问经》，由当年长安高僧唐玄奘的师傅玄会供养，是非常重要的敦煌藏经，而且品相齐全，非常难得。而《金光明最胜王经》，最值得关注的就是年代与当时翻译的时间非常接近，极近原稿，具有极高的学术价值。《四十二章经疏钞》和《佛说佛名经》只有巴掌大小，却具有非凡的意义。

陈寅恪编《敦煌劫余录》，其中记载着残卷前四个字是什么，最尾四个字是什么。原因是尽管佛经断了，然而通过这四个字就可以知道前面应该接在哪里，接哪个经哪一段，后边断在哪里。

所以敦煌学存在着一个很重要的问题，就是缀经，把以前散落的经重新拼接起来。这就是探索的意义，也是敦煌学研究的意义。所以说残经不可弃，残经依然有它的价值。

因此，从敦煌藏经洞的发现开始，市场上遗存的残经，都是不为人所知的新鲜的财富，我们将用它解决敦煌所存在的问题和谜团。正因如此，敦煌藏经的每一次出现都会引起敦煌学界乃至社会人士的极大兴奋。敦煌一直被市场和学术界所关注，其根本原因就在于此，这也是敦煌研究的恒久魅力所在。

（摘自《文史博览》2018 年第 9 期）

春风不度玉门关

宋 羽

1

玉门关，本是中原世界的终点，因为丝绸之路的开通，成了走向西方更广阔天地的起点。相逢与离别，故土与异域，汉风与胡夷，农耕与游牧，征伐与贸易，杀戮与和平，对峙与融合，繁荣与没落……无数条历史演变的轨迹源于此，汇于此，亦终结于此。

两千两百年后，当我乘坐汽车沿着干涸的疏勒河谷穿行的时候，我想象着当年张骞的马队看到这片丰饶的绿洲时是怎样的兴奋，那时的疏勒河水量丰沛，河畔芳草鲜美，成片的胡杨木枝繁叶茂。如今，这片河谷仅剩下了风化的河床。皲裂的土地在风沙的侵蚀下早已化作飞扬的尘土，沿着枯涩的风远去的轨迹奔波向未知的地方。

曾经丰荣的河道，早已变成了大地体内的一道隐秘的伤痕，唯有粗糙的碎石和苍老的骆驼刺将这些湿润的记忆覆盖成年迈的足迹。这一路，我无法想象当年丝路的繁华，寸草不生的戈壁上不见昔日商队的马匹和驼铃，只有一组驼队的雕塑倏忽从车窗边掠过——当地司机告诉我，我们正经过野骆驼自然保护区。

茫茫的戈壁，无垠的砂石，稀疏的红柳，矮矮的骆驼刺，这些单调的景象构成了我视野中的全部。荒凉，不可拒绝地扑面而来，远古的丰饶的生命陨灭在沧海桑田的自然变迁中，古代典籍中的记述仿佛渺远的传说，遥不可及。汽车轮胎碾压砂石，发出低沉的“嘶嘶”声，这些粗粝的砂石似乎对现代化的交通工具充满了抵触，也许停驻大漠记忆里的，依然是抑扬顿挫的马蹄声，以及那一阵阵悠远空灵的驼铃。

2

寻访玉门关的道路是用汉长城的遗骨铺就的。

其实，这里没有路，我们的汽车只是沿着之前汽车行驶后留下的轨迹行进罢了。在时间的长河中溯流而上，我隐约看到这条道路的源头直指大汉王朝的边疆。

如果说，明长城属于山石，那么汉长城则属于砂土。它不煊赫，不恢宏，仿佛一条巨蟒匍匐在地上。两千年前的河西走廊还是一片丰饶的草原，一马平川的原野上几乎无险可守，更寻找不到坚硬的石块。守卫大汉边疆的将士们便夯土为墙，在边陲筑成了一道土质的长城。汉长城的建造因地制宜，玉门关一带的长城多为砂土垒成，而位于乌拉特后旗乌力吉苏木北边的长城则是外表用石头堆砌，内部包上砂土。走势也大多遵循山川的形势，壕沟、烽燧台、关城均与地理条件相契合，在自然环境恶劣的西域努力捍卫着一个王朝的威仪。

两千多年的沧桑巨变让昔日的汉长城变成了断断续续的音符。由于风沙的掩埋和自然风化，长城大多已面目全非，或被夷为平地，或被削减了身躯，偶有一些烽燧台孤零零地矗立在荒漠里，像散落在地上的珍珠，一颗颗连缀起项链的轮廓。

玉门关附近的汉长城属于保存较为完好的部分。在其表面，一道道沟壑像皱纹一样深深凹陷进去，细碎的尘土填充在罅隙间，手指触摸处，流沙窸窸窣窣地滑落，像是一位老态龙钟之人，在人们不经意的询问下，抖落了满地残破断续的回忆。

残垣断壁，更能勾起人们对过往时代的猜测和想象。

从兰州乘坐火车去往敦煌，一路上会陆续经过当年大汉王朝设立的军事重镇。武威的铜奔马、张掖的大佛寺、酒泉的美酒传说、敦煌的沙山壁画，这些美丽的故事和艺术珍品散落在历史的画卷上，浓墨重彩地在戈壁滩上铺陈开来，戛然而止在汉长城的身躯下。这座夯土筑就的城墙，让中原文化西去的步伐画上了一个休止符。这里是丝绸之路的起点，在换取了通关文牒后，长长的驼队继续西去，将灿烂的东方文明带向更遥远的地方。

汉长城，在流沙之中矗立了千年。岁月风化了它憔悴的面容，佝偻了昔日伟岸的身躯，而它，依然默默地守望着脚下连绵不绝的风尘。那一具具血气方刚的肉体早已失散了温软的质感，呐喊与厮杀声凝固在坚硬的夯土上，触碰在指尖，只感到一种声响击打在内心，厚重而深远的触动，掷地有声。

你在守望什么？守望何方的未归的征人么？

“誓扫匈奴不顾身，五千貂锦丧胡尘。可怜无定河边骨，犹是深闺梦里人。”风无言，城无声，征伐中的荣辱悲欢都化作诗中的怀想。

3

一块斑驳的碑，告诉人们那座覆满砂土的城便是玉门。

昔日大汉王朝的边关，如今孤独地守望在茫茫黄沙之中，属于它的时代已经远去，对于这座恪尽职守的关隘来说，跨越千年的守望仿佛只是针对岁月的一种无声的抗争。春风，过于遥远，长途跋涉失散了江南的杏花春雨，数千年来，终究只能带着期盼与之对望。何日，这个湿润的绵软的梦才能拂绿“玉”的肌肤？

方形的城，棱角已不再坚毅，千年风沙的打磨已让方城的转折处变得柔滑。方形，暗合了中国人“天圆地方”的传统宇宙观，即使远在边陲大漠，中原文明的朴素思想也潜移默化地渗透至此，在茫茫风沙之中树立下一个民族的坐标。

城池脚下，几株骆驼刺偎依着土城壁艰难地生存着，并不巍峨的城墙多少为它遮蔽了一些风沙，在荒凉的戈壁里，玉门关成了唯一遮风避尘的依靠。

这座千年的遗存，因了唐人的那句诗而名垂千古。

我沿着汉长城残破的骨骼一点点走近这座谜一般的关口。玉门关，仅剩一座四方形的夯土城堡，与无数流动的沙丘一样，它毫不起眼地匍匐在大漠中央，若不是那块石碑，怕会让不少前来瞻仰的人与之错过。城门像是随手撕开的一道口子，光线从缝隙间穿过，就这样连接了塞外与中原。

自然总能粉碎一些虚妄和狂傲，洗涤一些污垢和喧嚣，最终成就一曲旷世绝响。

粗粝的砂石在风中旋转，有时候会突然出现一股直径几十公分的气流，打着转儿一路逶迤而去，在平坦松软的戈壁滩上留下一道浅浅的印痕。当浮沙飘散，偶尔会露出一些五彩的石块，有的呈墨绿色，有的呈棕黄色，也有的一半乳白一半透明，分辨不出它们是由什么成分构成的，只能感觉到在大自然的腹地，什么样的奇迹都可能发生。也许，我随手捡起的一粒黑色的石块，坚硬的外壳下呵护着的就是一颗光彩夺目的心。

循着昔日淘金者的足迹来到这里，我并不想掘开大地脆弱的肌肤，我所捡起的石块，只为了缅怀那一段浩渺的历史，只为了寄托心中的那一份崇敬。

4

玉门关，西域荒漠里一个耀眼的汉地文化坐标。其实，真正的玉门关到底在何处至今仍是一个未解之谜。

有人说在瓜州附近，后来埋入水中，不复存在；有人说许多关隘都曾用过这个名字，最初使用的是嘉峪关；更多人将探寻的目光投向了敦煌西北的小方盘城。也许对人们来说，玉门关是一个存在于文化脉络里的名字，它应该位于某个荒无人烟的戈壁之中。就在茫茫祁连山下的大漠里，有一片狭小的绿洲，绿洲之上，耸着一座孤城，孤城之内，几缕羌笛悠扬，望穿杏花春雨。

当地司机张师傅告诉我，玉门关最初的城门是用和田美玉镶嵌装饰的，阳光照耀之下，散发出五彩光芒，能照射到数十里外的大漠深处，远道而来的商队循着玉的光芒就能找到入关的路。

这是一个令人遐想的传说。张师傅相信这是真的。我也愿意相信。

——若不是因为天下罕见的美玉，这座夯土堆砌的城堡怎会拥有如此华美的名字？

想象着，当华美的玉石一车车从这座夯土筑成的关口通过，美玉的光芒照亮了土城灰蒙蒙的脸。美玉为一座普通的城门描绘了画龙点睛的一笔，让千年后的诗人王之涣将满腹的诗情挥洒于此，“春风不度玉门关”，多少豪情和怅惘化作了雄关美玉之间缱绻的凝望。

孔子说：“君子比德于玉。”以“玉”来命名一座边关，是否为了彰显大汉王朝统治者德治天下的夙愿呢？

5

回到一千五百年前的大唐，如果我是一名士兵，当我被征召戍守玉门时，我不会知道，这一路将会何其辛劳……从鹅黄柳绿的江南，我跟着同乡集聚到中原，接着便赶赴风沙渺渺的大漠。每日徒步一百多里，不知道走过了多少天，我看到脚下的黄土变成了石块，草地不见了，树木枯萎了，河流变成了断断续续的死水塘。武威、张掖、酒泉、敦煌，这些陌生关隘一个接着一个出现在眼前，西出敦煌城时，漫天风沙迷住了我的眼睛，前方是无垠的大漠，没有道路，只有一个既定的方向，那就是玉门关。不知道又走了两天还是三天，终于到了关城下，我的铠甲上已经蒙上了一层厚厚的砂土。原来从敦煌到这里，我们在海一样的大漠里足足走了两百里。

我问一个白发苍苍的老兵，何时能归乡？老兵笑了，这里离家十万八千里，走一辈子也走不回去。是啊，看一眼关外的大漠，脚下的勇气就荡然无存了。

凝望玉门关，我忽然体会到了这座关城在戍守边疆的将士们的生命中，蕴含着怎样的宿命般的意义。

在玉门关周围，散落着一座座“积薪”遗址。薪，是一种用来焚烧的柴火，当有紧急军情的时候，烽燧台上的士兵就点燃柴火，滚滚浓烟直冲云霄，向守城的军队报信。据说，这些烟火在三五十里外都清晰可见。在这片汉军守卫的边关遗址附近已发现了十五堆积薪，与大漠呈现出同样的颜色，像一座座天然生成的小山包。天长日久，那些柔软的柴木已经变得无比坚硬，彼此紧紧黏合在一起，如同化石。

“十五从军征，八十始得归。道逢乡里人：家中有阿谁?”一座玉门关，扼守的是一个帝国的威仪，同样也扼守了每个征人一生的时光。

玉门，终究不缺风的光顾，五月西风烈烈，春的气息依然邈远。

（摘自《远方的家》2015 年第 5 期）

阳关月

扬之水

从敦煌城里坐了开往南湖的最后一班车，在阳关下车，已是薄暮时分。汽车在阳关并没有一站，只是向司机关照了，他才特地停了一停。看着汽车呼啸着倏忽消失在伸向天边的公路上，好像一下子被孤零零抛在旷野中——大漠黄昏，好有几分凄凉。缘着草滩，有路没路地向前走。滩上遍生着罗布麻、骆驼草。可爱的是一泓清水流泻其间。四野无人，只觉得那斜斜的残阳，比我的脚步更快，一点一点遑急地退下去。

阳关遗址究竟在什么地方？似乎学界至今还有些争论。现在被称作阳关的地方，并没有一个“关”，不过是墩墩山的一个汉代烽燧。阳关故址是1974年才确定的，于是有了一块标明身份的碑，成为一个已无阳关的“阳关”。这却远比复制一个不伦不类、不今不古的“阳关”，要诚实得多。

在墩墩山周围绕行。烽燧下面的坡地，猛踏一脚下去，空空有声，里面正不知埋藏了何等样的秘密。山前的茫茫沙碛，被称作古董滩。据说阳关故址的确定，便主要依据滩上发现的大量历史遗物。如今这里仍有不少陶片之类的古物遗存，故当地人称：进得古董滩，两手不空还。只是以我的无知，虽身入宝滩，却也是决意空还的。

距这里95公里，是党水之源的雪山——阿尔金山。在阳关故址碑前极目四望，方圆百里旷无人迹，天地之间除了几只苍蝇嗡嗡飞着，再听不到别的声音。有一首无名氏的《瓜沙道中》诗：“阳关古道接大荒，官杨零落不成行。阴沉日色连云白，暗淡风沙入寒黄。鸿觅稻粱衔矢石，人拚骨肉战冰霜。唐蕃汉垒今何在，秦月依依照古疆。”眼前景色虽然不致如此萧瑟凄惨，但立定在一片空旷中，仍能体味到那萧萧的悲凉。暮色四合，视野中只有墩墩山的烽燧兀立在高阜上。守候着一片静寂，眼看着天边的最后一抹绛紫，渐渐转做深蓝，一点一点地，黑定了。

想起张爱玲曾经讲过一个红柳娃的故事——好像是从《阅微草堂笔记》中看来的——茫茫大漠的红柳树间，有一尺来高的小人叫红柳娃，捉到了，会哀哀叩头求告。放了他走，则跑出一段路又折回身，仍是遥遥地叩首，屡奔屡止，直至追不及。这很像是幻觉。而人在极度寂寞中，是会产生这种幻觉的。

不过，上溯两千年，这里何尝寂寞呢？阳关以南是玉门，那时，车辚辚，马萧萧，使者、商人，冠盖相望，不绝于道。守卫在烽燧亭障的官兵，在一片肉香氤氲中大快朵颐——当日一斤肉不过七个大钱。自然，金戈铁马，汉军挥师西向，更是屡屡打破旷野中的寂寞。那正是汉武帝的辉煌业绩之一。

汉武帝一生是做了几件大事的。在他当政的半个多世纪中，中央集权的“大一统”巩固了；朝纲制度模式化了；儒术正式纳入政治轨道了；疆域的开辟，也达于空前。司马相如说：“世必有非常之人，然后有非常之事；有非常之事，然后有非常之功。”便是有了雄才大略的汉武帝，才有了专制制度的巩固；有了这号令天下、统帅一切的权力，才可以举全国之力，不容置疑地建他所要建的非常之功——这的确是历史上的一个非常年代。

但后世对汉武帝的评价并不一致。蓬莱银阙、露溥金掌的求仙生涯不必说，就是开西域、击匈奴，也有好大喜功、穷兵黩武之讥。苏辙曾因将宋神宗比作汉武帝而遭贬官，可知这非常年代中的非常人物，并不是后代帝王心中的楷模。只是，仍然要说他是伟大的。他的伟大不仅在于他有能力成就他的功业，也同样在于他有能力破坏他的功业。而对于他的破坏与建立、失败与成功，别人都是没有力量阻止的。

因为他的伟大永远与权力联系在一起。晚年他发布了《轮台诏》，纠正了方针大政上的失误。但连这种自我批评，也只能用

阳关

权力的形式表现出来。

伟大常常是权力造就的。

伟人的时代，常常是伟人一个人的时代。

“原谅他的罪恶，也原谅他的美德。”哲学家的通达与宽容，适于评价一切历史上的伟人。而当后人记起某一位伟人的时候，总是因为他的美德或罪恶依然活在现实中。不过，仰视着伟人的常人，多半是宽容的。

……

辉煌的、悲壮的、惨惨戚戚的历史，都融化在古董滩上，又被日精月华铸为荒寂的、苍凉的一片。这一片辽远的寂静，没有虫声鸟语，此刻，便连苍蝇的嗡嗡声，也早消逝了。“知古不知今，谓之陆沉；知今不知古，谓之盲瞽。”这是王充的求是精神。但所谓知今，也只能知一己目之所及的今；知古，也只能知一己目之所及的古——这“所及”又要受到多少限制！因此，“陆沉”既不可免，依旧“盲瞽”，也还说不定的。

天黑很久，渐渐地，才有星星露出来。从坐着的方向看去，北斗星的勺正对着墩墩山的烽燧。只是，怎么不见“秦月依依”呢？那想必不是秦淮河上与灯火交融着的缠绵的月，而是独与大漠、云天相往来的冷寂的月。

“还不睡吗？”黑暗的背景中，是（守关的）老吴的声音。

“等月亮呢。”

“满天星的，没有月亮喽。”

不觉憬悟。是不是满天星斗的夜空，就一定见不到月亮？却从来没有注意过。那么，明月高悬的时候，还能见到星光灿烂吗？

夜宿小屋。从窗帘遮不到的地方，仍能见到一小片天，一小片缀满了星星的天。

阳关今夜，没有月。

（摘自《语文学习》2000 年第 1 期）

夏天的香气

韩松落

1983 年，我们全家从新疆和田返回兰州，临行前，兰州的亲戚写信来，要我们带一箱哈密瓜。

那时候交通不便，新疆的物产很难在内地见到，但哈密瓜的名声传遍了全中国，亲戚自然非常好奇，他的心思，我们完全能够理解。于是，父亲打了一只简易的小木箱，装了五六个哈密瓜，从和田带到了兰州。在兰州火车站，我们抬着那只小箱子刚一下车，就遭到了围观，人们纷纷问：“是从新疆来的吗？这是真的哈密瓜吗？”有一位大叔，甚至急切地表示，愿意出五块钱买一个。要知道，那时候，一个工人一月的工资，也不过三四十块钱。

但我们在兰州定居下来之后发现，兰州的白兰瓜，就是兰州人自己的“哈密瓜”，味道和哈密瓜相近，比之一点也不差。我们的兰州亲戚，大可不必托我们从几千公里之外带哈密瓜回来。

白兰瓜又叫蜜瓜，据说是从美国引进的，而且引进的历史并不长。1943 年，美国的生态学家罗德明到兰州来考察，觉得兰州非常适合种植一种在美国被称为 Honeydew 的甜瓜，并主动表示，回到美国后，捎些种子带来。第二年 6 月底，美国副总统亨利·华莱士访华，路过兰州，果然带来甜瓜的种子，同时带来的还有 92 种草籽和一种“三角锄”，因为那种锄头比较小巧，适合小脚女人锄草的时候使用。没多久，这种蜜瓜就在兰州试种成功，开始名叫“华莱士瓜”，50 年代，变了名字，叫“白兰瓜”。从那时起，它的异国前史，就渐渐模糊了，不过四五十年，人们就习惯了它的存在，就觉得，它是土生土长的，而且已经存在了几百年几千年。

一段物种交流史，竟然距离我们这么近，整个过程清晰可辨，想一想，简直不像真的。由白兰瓜的落地过程，我似乎也想明白了辣椒、葡萄、玉米的来历，它们也该是这么来的吧，而且，一旦落地，不出五十年，就像已经存在许久了。

白兰瓜不大，一个就是一两斤的样子，椭圆形，淡黄色，有麻纹，拿在手里，其实挺像小一号的哈密瓜。白兰瓜熟透之后，瓜瓤呈淡黄色或者乳白色，非常甜。后来，甘肃农业大学培育出了一种新的甜瓜，表皮是金黄色，非常光滑，名叫“黄河蜜”。

“黄河蜜”的味道和白兰瓜很接近，只是瓜瓤更软更甜一点。

白兰瓜的确适合西北，这边的阳光通透，日照时间长，早晚温差大，有利于积累糖分，尤其是河西走廊沙漠边缘的那些地方，更是盛产西瓜和白兰瓜，以至于别的地方产的瓜，也往往要假托为“民勤瓜”“武威瓜”。去河西的时候，我也专门去瓜地里看过。那是正午，铺在土地表面的碎沙石在日光照射下，反射出耀眼的白光，白兰瓜就生长在碎砂石中间，瓜秧和叶子是黑褐色的，似乎已经半枯，但白兰瓜圆滚滚的，躺在砂石和瓜秧中间，看上去一点没受天气的影响，那情景让人非常惊奇。

七月份一过，白兰瓜和“黄河蜜”就上市了，淡黄，金黄，饱满，圆润，形状均齐，像是用一个模子铸出来的，装满大卡车、小货车、三轮车，整车的瓜散发着淡淡的香气。谁也看不出它在什么地方长大，被怎么样的烈日灼烤过、滋养过，它似乎一直那么尊贵。卖瓜的人，坐在旁边，为它助威，大声地喊着“民勤瓜”“武威瓜”。而在不太遥远的新疆，哈密瓜也应该上市了。它们像平行空间里两个相近的故事，在相近的地理环境里，总会有相近的果蔬，是某一片大地选择了它们，也是它们选择了某一片大地。

它们是西北夏天的一部分，西北的夏天，也被它们染上了一层淡淡的香气，到了秋冬时节还让人念想，直到第二年，那香气又在街角升腾起来。

（摘自《旅行家》2015 年第 4 期）

在冬天的暖锅前一醉方休

张子艺

董志塬是世界上黄土最厚的地方。

这句话构成了我对于庆阳所有的认知和了解，一个陌生而格外遥远，农耕文化底蕴深厚的地方。

甘肃在中国的西部，也是视觉上的远方，这里有大漠、戈壁、森林与黄河，诞生了刀客、美女、废弃的古城和游吟诗人。与之相对，庆阳陇东的气质，则是本分的，谨慎的，客气生疏又狡黠，老老实实只想把每一天都过好，游吟诗人在他们看来是“二流子”的活法。没有什么能比食物更能说明这一切，一种掩饰不了的、精巧的物尽其用，将一切都安排得明明白白清清爽爽的生活美学，比如说暖锅。

据说，以前最奢华的暖锅最上面摆着半圈儿雪白的肥肉片。有人回忆说，在沸腾的炭火中，滚了又滚，肥肉里面的油脂已经被蔬菜吸收，煮到最后的肉片入口就像一壶滚烫的水，直冲喉头，顺着食道滚落到胃里，于是，落袋心安。当然，在一切油脂尤其是猪油都变成“敌人”的现代，这个场景听上去古老而又令人难以置信。但暖锅，还是最大形式上呈现昔日里关于冬天、家族和盛宴的一切想象。

暖锅最下层铺满了蔬菜。这也是有讲究的，要把水分比较充足的、能承担住长期熬煮的放在下层。在这一点上，中国的北方，对白菜的这一特点的认识达成了惊人的一致。作为冬日的“天选之子”，白菜承担起了最为重要的任务，作为西北炖煮锅子里的基础，北京饺子馅儿里的打底，东北猪肉炖粉条里的水分担当，在中华大地上获得了最真诚的热爱。

毕竟，在南方人看来，每个冬天储存几百斤大白菜的北方人，都是神一样的存在。南方人不知道，霜降过的白菜，真的会有绵甜的口感，这是迥异于所有南方蔬菜的肥厚爽脆，白菜墩儿就是最典型的代表。

暖锅下面铺了白菜打底后，就开始放入本地土产的萝卜和豆腐片儿了，萝卜片儿与白菜一起形成“免粘锅”双保险，豆腐、木耳、黄花菜，形成一个非常完美的基础打底。萝卜是此地餐桌上的“霸王花”。秋天萝卜丰收后，被切成片儿、切成丝儿、切成条儿晒到半干，就成为冬天里重要的蔬菜来源，被阳光收走的水分，在冬天的水中逐渐柔软，饱满，似乎恢复了之前的水分，但似乎又哪里不一样了。

这个过程，叫作“装锅子”。装锅子是有讲究的，要是将这些顺序弄反了，那么还没等到咕嘟咕嘟的汤汁渗透蔬菜，锅子跟菜就已经难舍难分，又由于装得太满不能用勺子筷子去搅和，因此，严格地按照祖宗留下的顺序，就是我们避免错误的重要途径，这也是农耕文化中最重要的一条指令。

装好了蔬菜，上层的摆放就更精致了，各种肉类、丸子、排骨几分天下。已煮熟的猪肉、牛肉切成统一薄厚、大小，方便在暖锅里码得层层摞摞。肉太厚，显得蠢，显得家里的女主人刀工不精，太薄又小家子气，显示不出待客的诚意，只有薄厚适中才算好。猪肉是雪白的，牛肉是酱红色的，丸子是褐黄色的，黄天厚土，五谷丰登。

暖锅是一桌的主菜，也是庆阳人心目中的“硬菜”。只有锅子端上来的那一刻，这桌菜才有了主心骨，凉拌好的燕麦揉揉(我认为是这两个字，参与制作时的动词)，蒜苗辣子炒出来的血肠，刚刚端上来的饸饹面，才一改此前的萎靡之气瞬间有了灵魂。在咕嘟咕嘟的声响里，开瓶，烫酒，烫黄酒。

黄酒都是家里自酿的，媳妇的手艺直接关乎黄酒的口感。一样的方子用量，有些人一辈子竟然都酿不出像样的黄酒，有的小姑娘第一次上手，酒水清冽微甜，半分不由人。放生姜片、红枣，还有冰糖，小火咕嘟咕嘟，是黄酒的香气，在寒冷的冬天里，香气迎面劈开生寒，整个世界都是微醺的酒香。

锅子要煮一阵子才好，冬日里，大家都不太忙，喝几口滚烫的酒，说几句家常，这是最美好的瞬间之一，这也是借由食物带来的巨大慰藉和抵达。于是，滚烫的丸子和排骨吸满了饱饱的汤汁，在灵巧的舌尖与牙齿之间，骨头褪尽，肉踉踉跄跄地跌进喉咙，香甜的黄酒像一团热火一样跟着滚下去，人们发出满足的喟叹。充裕的油脂为下层的蔬菜带来全新的渗透和体验，清甜的白菜煮到糯的口感，但样子丝毫不变，粉条则变得透明“Q弹”起来。就像三毛哄荷西时说的，这是春天的雨，人们收割了春天的雨，把它晾干之后就成了粉丝。本地土产的粉条，比粉丝粗一些，本地人衡量粉条好坏的一个标准就是，能否煮成透明的颜色，这意味着，没有任何白色添加剂的颜色。萝卜片则是久煮不烂的柔韧，阳光下的晾晒赋予了它新的口感，那么，在冬日里，和萝卜片一起就着秋阳落下肚子吧。

逢到年节，家里人来人往，无论谁来谁走，只要看到炕头上那只锅子，那只在微火中轻微冒着热气的锅子，一切惶恐似乎都安逸起来，一切担忧都听起来像个笑话，这温暖富足的一切，这冬日里上天的馈赠，让每个人都洋溢起奇异的笑。

锅子里的白菜是自己种的，粉条和豆腐是自己做的，猪是自家养的，羊也是。据说环县的羊肉最好吃，因为他们是一个古老游牧民族的后裔。因此，这个地方的民风和吃法彪悍一些，血勇一些，大块吃肉、大碗喝酒更盛行一些。几千年过去了，游牧民族的血脉在他处已经逐渐稀薄，但在此地，却依旧划分得如此严格，泾渭分明。这说明，这里长久的稳定，长久的固定，人们像被栽在田地两旁的树，呼啸的风掠过董志塬的黄土，还是几百年前的那阵风，曾经吹在树梢上的痕迹。

（摘自微信公众号“兰州尖果儿”，2019 年 1 月 6 日）

兰州水车

李西岐

甘肃省的省会兰州市，地处祖国的地理中心，东接长安，西控阳关，南衔巴蜀，北扼朔方，古为兵家要塞，今为商贸重镇。九曲黄河自巴颜喀拉山脉浩浩荡荡滚滚而来，越峡谷，过草原，渡险滩，涉乱石，穿陡壁，状若万马奔腾，势不可挡；宛如巨龙飞跃，其形蜿蜒，一泻千里，流至陇右，穿越刘家、盐锅诸峡谷，入金城河口，似巨龙遨游许久，身心疲惫，顿现一时温柔。

兰州山独其形，水独其道，山光水色，雄奇壮美。冬无严寒，夏无酷暑，四季分明，瓜果飘香。兰州这座城市因黄河而滋润，水盈田丰，全依仗了水车。一方水土养一方人，一座座水车造就了农耕文明的繁荣昌盛。生活在兰州黄河两岸的先民们顺应自然、改造自然，作出了骄人的业绩。而一架架屹立在黄河两岸的水车，亦成为农耕文明的最佳载体，它不仅是农耕文明的一种创造，更具备了十分深邃的历史内涵和皇皇大度的外在形式，也是劳动人民的智慧结晶。

据地方史载，明朝嘉靖年间，兰州人段续“创为翻车，倒挽河流”，取河水灌田和民用。所以说，段续与水车密不可分，同载青史，流芳百世。

段续，字绍先，号东川，兰州人。明嘉靖二年（1523 年）进士，授都察院云南道御史，次年“大礼议”中，因弹劾席书、桂萼，惹恼明世宗而遭牢狱之苦。出狱后被贬到河南做郾城县丞，不久升为杞县知县。段续生性戆直，浑身透着西北人的豪爽与淳朴，为官一方，清正廉洁，率民耘田，革除弊政，政绩斐然，口碑不错。他被授为湖广布政使司参议，后又督修显陵，精心施工，节省经费以万计，很受朝廷赏识，再升为密云兵备副使，加三品俸禄，以山东按察使司副使致仕，晚年辞官回归故里。筒车是湖广一带常见的水利设施，它是利用水力，将低处的河水提升到高处灌田，制作简易精巧且经济实用。段续才思敏捷，精力旺盛，他对任何新生事物都抱有极大的好奇心，从政之余，深入田头河边，仔细观察筒车，揣摩原理，弄清其结构及部件机巧，从而为多年后在兰州黄河岸边创制水车做了充分的技术准备。

而他督修显陵工程的实践经验，又使他在水车建造中胸有成竹，游刃有余。元代王祯的《农书》中有《农器图谱》十二卷，插图二百多幅，多为复杂的机械图式，图文并茂，便于仿制。段家世代为官，家财万贯，良田千顷，修水车以浇灌田地，提高产量，当在情理之中。段续创制水车更具有创造性，兰州缺竹，他因地制宜，用兰州当地所产的榆、柳、槐木替代之。湖广阡陌交错，水流丰盈，筒车小巧便于提灌。兰州黄河水面与农田垂直距离高约数丈，只有加大水车直径，加密辐条，固定结构，并在水车底部倒挽河水处掘深坑，镶砌硬石，使流水形成较大落差和冲击力，才能旋转自如。显而易见，段续人生晚年的智慧全部体现在黄河水车上，创造性地因地制宜，抒写了生命的辉煌华章，功莫大焉。

段续所创的第一辆水车，大约在嘉靖二十年至三十七八年间，地点在读者大厦东端的南河道旁。据《皋兰县续志》载：南河道上曾有十辆一组的水车，称为“十辆车”。光绪年间被洪水冲毁了五辆，剩余的称为“五辆车”。解放后，黄河两岸还有二百五十多部水车，日夜旋转，浇灌农田，叹为观止矣。

兰州市政府顺乎民意，投上亿巨资修建了水车博览园，不仅重现了“水车之都”的辉煌，而且成了黄河百里风情线上的标志性景观。水车园是以大型水车为主景，以 12 轮水车为主体建筑的生态园。园内黄河奔腾，水车悠悠，渠水蜿蜒，花草树木错落有致，再现了黄河两岸农耕文明的历史景象。2005 年 9 月 22 日，“兰州·中国水车节”在水车博览园如期举行，并举行了“中国水车与荷兰风车”特种邮票发行式。以黄河水车为龙头、大打水车牌、借水车扬兰州之名、促进旅游业的大发展、提升“山水城市·水车之都”形象的影响力，必将有不可估量的光辉前景。

兰州水车与读者大厦毗邻，一动一静，一武一文，相映成趣，它们无疑成为母亲河边的一道独特的风景。

（摘自《读者》2015年第12期）

七大姑八大姨兰州人都怎么称呼

佚　名

兰州人伦理意识历来深厚，古风犹存。亲疏论辈分，远近视尊卑，同辈序长幼，因而讲究称谓。常用的称谓主要有两大部分，分别在不同的场合使用，不能混淆。一部分是因家庭、亲属关系形成的称谓；另一部分是因工作和社交形成的称谓。我们姑且把它们叫作“家族称谓”和“社会称谓”。这里重点介绍一些别具特色的“家族称谓”。

晚辈对长辈的称谓。兰州大部分地区 20 世纪 60 年代以后把父亲叫“爸”，把母亲叫“妈”。但在农村，尚有把父亲叫“爹”的，还有把父亲叫“大”的。有时候你听别人说“我大怎么样、怎么样”，其实他说的是“我爸怎么样、怎么样”。除此以外，子女也可以按照他的排行称呼父亲，例如，有时候儿女说：“我尕爹如何如何……”说的就是自己的父亲。

对祖父叫“爷”，祖母叫“奶奶”；外祖父、外祖母也叫作“爷、奶奶”，只是在需要说明的情况下才叫作“家爷、家奶奶”“外爷、外奶奶”，这是正常的。对曾祖父叫“太爷”，曾祖母叫“太太”。再往上叫“祖太爷、祖太太”，也有叫作“活先人”的。

对伯父、叔父，伯母、婶母通常按照排行叫“爹、妈”。例如“二爹、五爹，二妈、五妈”等。但对大伯则叫“大大”，大伯母叫“嬷嬷”。最小的叔叔叫“尕爹”，婶婶叫“尕妈”。对于血缘关系较远的叔父和婶婶，可以统称“尕爸、尕婶”，表明他们是父亲的兄弟辈即可。

对姑母一般叫作“娘娘”。具体称呼时按照排行叫“大娘、二娘、尕娘”等。如果血缘关系比较远的话，就简单叫“娘娘”即可，表明这是父亲的姊妹关系。姑父则按照排行叫“几姑父”就可以了。

对父母的表兄弟叫“姑舅爸、两姨爸”。他们的配偶就相应叫“姑舅婶、两姨婶”。父母的表姐妹叫“姑舅娘娘、两姨娘娘”。他们的配偶则简化称呼“姑父”即可。

对舅父按照排行叫“阿舅”，例如“大阿舅、三阿舅、尕阿舅”等，对舅母按照排行叫“大舅母、三舅母、尕舅母”等。

对姨母按照排行叫“大姨娘、三姨娘、尕姨娘”等。在市区眼下也有叫“大姨、三姨、尕姨”的，对姨父则按照排行叫作“几姨父”就可以了。

对父母的伯伯、叔叔，伯母、婶婶按照排行叫“爷”或“奶奶”就行，例如“大爷、三爷、尕爷，大奶奶、三奶奶、尕奶奶”等。

对父母的舅舅、舅母、姨父、姨母按照排行叫“舅爷、舅奶、姨爷、姨奶奶”。

女婿对岳父岳母一般随媳妇叫“爸”和“妈”。对外人则称呼为“丈人、丈母娘”。儿媳对公公婆婆也叫“爸、妈”。有些地方如南郊远乡人，也有把岳父岳母叫“姨父、姨娘”的。

长辈对晚辈的称谓。长辈对晚辈一般称呼他的名字，尤其是称呼小名，以示亲切。如果关系很近，则可以叫作“我的娃”。过去老人称呼小辈有一个非常有特色的称谓：“尕!”例如爷爷问孙子：“尕，你吃了没有?”还有一种称呼就不太客气，叫“尕的个!”当然这样叫人的不多。如果晚辈是成年人或者有比较高的威信，这时候不便称呼小名，则可把姓名除去姓而只称名。例如姓名全称“李德全”，这时候只称“德全”即可。当然兄长对弟弟，或者朋友之间都是可以这样称呼的。爷爷奶奶对孙子，也是需要说明的时候才称作“家孙子、外孙子”。此外，兰州人对婴幼儿的称呼，男孩叫作“娃子”，女孩叫作“姑娘子”，或者“女子、丫头”。

现在一个家庭大多数三代同堂，能够四代同堂、太爷太太见到重孙就是喜庆事。但在民国以前人们十四五岁就结婚，这样四代同堂，甚至五代同堂的现象并不稀罕。那么太爷太太有重孙，重孙的后代又该怎样称呼呢？在兰州，五代重孙叫“寄柳”，六代重孙叫“挎带”或“吊旦”。

在兰州，两代人之间还有些独特的称谓。父子之间叫“爷父们”，母子母女之间叫“娘们两个”，爷爷孙子叫“爷孙们”。而在皋兰县，晚辈见到长辈，可以用“老汉”一词代替具体称谓，而“老汉”一方则称晚辈“娃们”。对长辈还有一个代称——“大辈子”，如果对方属于亲戚但又比较远，比如父母表妹的公公婆婆，一般称他们“某某爸、某某婶”就行了。

平辈之间的称谓丰富多彩。除了按排行叫“哥、姐”，还要按排行叫“姑舅哥、姑舅姐”。对弟弟妹妹则直呼其名，对弟弟也可以叫“老三、老六”等。不过这里也有特殊的称呼。比如通常都把家中的老三叫“三搅棍”，对家中最小的弟弟妹妹有一个爱称“点点娃”或者“垫垫窝”。如果他出生的时候父母年龄已经大了，那就叫“老生胎”。对表弟表妹一般不叫名字，而是只称呼“姑舅”或者“两姨”就行。兰州人的姑舅有“上姑舅、下姑舅”之分。什么是“上姑舅”？对自己而言，舅舅的儿女就是“上姑舅”，自己是“下姑舅”。实际上“姑舅”一词的含义还可以推而广之。彼此不相识，只要是老乡，就可以笼而统之地称呼“姑舅”，先搭上腔再慢慢说，这就便于沟通了。

平辈人之间好玩的称谓是连襟关系，兰州人叫“挑担”。至于妯娌关系，兰州人叫“先后”，也很有意思。妯娌同进一家门，嫁入门时间上有先后之分，也叫“相后”。

中山桥

夫妻之间的称谓。新中国刚成立的时候，夫妻互相称呼，通常是用最大孩子的名字称对方。例如大儿子叫“强强”，丈夫就用“强强”来叫妻子，而妻子照样用“强强”叫丈夫，彼此心照不宣。再往后就采用“掌柜的”来称呼对方，倒也体现了家庭关系的平等。如今年龄大一点的夫妻之间，采用“老头子”“老婆子”称呼对方的居多，而年轻夫妻之间互称“老公”“老婆”。

兰州人还有一些非常特别的称谓。对于街坊邻居，晚辈见到长辈通常叫“张家爸、李家爸”或者“张家婶、李家婶”等。而大人之间则互相称呼“他张家爸、他李家爸”或者“他张家婶、他李家婶”等。

兰州人在外边要跟陌生人打招呼，有一个专用的统称——“师傅”。这时候不管是否平辈，叫“师傅”他都会答应的。

对于单位上的同事，或者经常在一起活动的熟人，兰州人叫作“一搭里的”。其中的意思好像清楚又好像模糊，要的就是这个感觉。

说到最后，捎带着介绍一下兰州人怎么称呼自己瞧不起的人，叫作“呔”！因吆喝牲口时用“呔”，用作称呼表不敬。对不知名姓的陌生人唤“哎”，应答者说“噢”。兰州方言在亲戚之间的称谓上也有一些禁忌，例如小辈不能直接称呼长辈的姓名，同一个家族的成员称呼姓名时可以省略姓氏，对同辈、同龄人不能直呼其父母、长辈的名字，不能当面叫同辈人之直系亲属的绰号等。

（摘自“每日甘肃网”，2015 年 2 月 27 日）

清凉的雨投怀一个叫兰州的地方

邓　涛

1

一碗热腾腾的牛肉面放在我的面前，香菜、漂浮的辣椒油和手工抻制的黄灿灿的面勾起我的食欲，顿时满口生津，同时也勾起我对一座遥远城市的挂念。它既不与我血缘相牵，也没有刻骨铭心的人或事停留在那里，仅仅是一碗面，我常食用的一种早餐，莫名其妙地让我对几乎与我不相干的陌生城市魂牵梦萦。鲜美的牛肉面汤灌入体内，把我带向温馨的西北，内心反复回味那亲切的时光。

我站在白塔山的顶端注视它，也注视着云在城市的上空集结，注视着雨淅沥而下，我的肌肤和这座城市一起，吮吸着它们的清凉，聆听它们一声声问候这个叫兰州的地方。

2

初到兰州，我几乎忘记了它的坐标是在内陆腹地，盘根于脑海里的兰州和真实体验的兰州迥然不同。我的印象里，西北一直生活在颓废而沉重的九宫格中，愚昧而缺乏修养，麻木而丢失自信，这是拖累中国最落后无知的板块。

不过那年，我从西宁一路赶到兰州，一座城市的亲善卸下了远方来客的疲惫。

依靠在中山铁桥的栏杆上，原来黄河的语言曾是这样的干净、奔放且富有节奏。想起这黄河历史上第一座桥梁的前身（又叫黄河铁桥），那时有二十四艘大船相连成浮桥，威严的明朝将士把守着两边，老百姓行色匆匆且要小心谨慎地走过，兰州在天公把守的荒谷中成长出一片可贵的茂盛。我的视线还眺望得更远，两千多年前这里就是黄河四大渡口之一，兵将们、番商们以及丝绸之路上的喧嚣，都随着羊皮筏子渡水远去，留下的是兰州悠长的记忆。

3

没有黄河，就没有沿黄河而建的一座狭长的城。

我在滨河公园寻到黄河母亲的雕像，许多游客怀着感恩之愿在雕像前留影。是的，黄河奶着我们这个民族，奶着我们这个民族千年的奔忙劳顿。

恐惧天之灾、人之祸，呼啸的青春撞下的伤痕，那些不堪回首的苦难和折磨，这些都是黄河母亲隐忍在心底的酸痛。

城市屋檐下的人都那么忙碌，都有那么多的负重，忙着讲理，忙着不讲理，忙着算计，忙着计算。人心是盛不满的器皿，天为难我们，地为难我们，我们自己还为难自己。大地以时间的方式统计人生的长短，我们也在用刻度核算生命的容量。于是，我们的一生变得憔悴，变得白天和黑夜轮换吊挂成心秤上的砣。

天空又降下了仿佛预约的零星的雨，来凡间抚慰吃五谷杂粮、完成一个过程的苍生。干燥的兰州找到了心灵的湿润。我们本就是从泥土里生长起来的花草，本应该享受雨和阳光，恣意地生长。

兰州没有惊天动地的风云事件，没有地老天荒的千古诗篇，甚至没有诞生过经天纬地的榜样人物。感谢这种忽略，使一座城市最终懂得自在对于生命的价值。

这座城市原先叫"金城"，说是筑城时掘到金，情感意味的玫瑰、国槐缀饰起来的城市心灵中仍然可以看到烁烁金光，使我在黄河的上游段落，曾经是丝绸之路的一个驿口上，发现了复古的悠然。雨驱散了空气中的干燥、浮动，走进了人们的内心，用湿润洇开一种惬意。物质生活满足后的中国，兰州人回到人的自然属性中，诗意地栖息在远离繁忙的偏僻处，正如淌过城市身体的黄河，于峡谷中坦露原始的底色。

4

市民似乎都保存着很好的心态，这是城市的集体心态。路人像熟稔已久的朋友，随时都会聊起家常。我也被他们感染，竟饶有兴致地观赏四位老先生不赌不吵不闹地打着扑克。其实憩息并不等于懒惰，反而是悠闲时代的生活品质。生活本应该就像一首悠扬的歌，我们何必要让短暂的一生无休止地闹腾。

我们都在生活中，却不一定懂得生活。一个城市活得如此轻松，这般安详，不正说明人心的美丽、幸福的指数！这恰是当下社会所缺乏的。

狭长的兰州就像手工抻制的一根面，在这个软体里嚼起整座城市的内劲、滋味，汤液的香原子向胸膛的每个角落奔跑，原来心可以很宽。

这里哪儿像是西北，夏天拒绝酷暑，冬天回避严寒，分明是江南。

（摘自江西美术出版社《山河扣问》一书）

白塔山

行走在山河相依的城市

赵武明

风吹过，掀起已不能改变的过去，眼前的风景依旧定格在山河之间。兰州就是一座个性十足的城市，山有山的伟岸如父亲坚实的脊梁，河有河的温柔似母亲宽阔的胸怀，一切都在流淌，行走的脚步却从不停下。

在兰州，我是一个追梦者，多年来生活在临河依山的城市。大自然是心灵的馈赠者，这话一点不为过。看看兰州，南面的皋兰山巍峨挺拔；北面的白塔山满目葱茏，飒净英爽；身边的黄河，浩浩荡荡，一泻千里。

兰州，是黄河唯一穿城而过的城市，中华民族的母亲河在这里穿城而过，构成了一幅美妙的风景。站在黄河第一桥望着滚滚而来的黄河水，激情澎湃，那种气势那种雄浑只有在兰州你才会体验到。傍晚漫步在滨河路，秀美的风景让你置身画中。行走城市，你才能感受城市跳动的脉搏。

雨后登上兰山之巅，仰望苍穹，俯视黄河，鸟瞰市区，碧峰叠翠，远山茫茫，近林葱葱，城市生机勃勃，如日正升，一切胜景尽收眼底。兰州为古金城之屏障，山势不见一石而黄土层叠，为全国城市之罕见。凭栏怀古，兰州往事知多少。有位南国诗人写道：“明珠一万斛，遍散银河路。圆月在当头，此夕在兰州。”这种感悟或许在星夜登兰山时更是分明。

登白塔山望皋兰山，似觉此景此情难相宜。两山对峙，间有黄河。山各有性，相得益彰。我总是在不同的心境下去登两座个性迥异的山，为的是让自己更真实些。

兰州，是一座有灵性的城市。不但有山，而且有水，山水相依，水山为邻，行走其间，记忆便更加丰盈。有人用“躺下是河，站起是山”来形容兰州，我觉得恰如其分。是的，正如做人一样躺下是一条河，就要勇往直前；站起是一座山，就要豪气冲天，山有脊来河有谷，正如博大的父爱和慈祥的母爱。头顶着蓝天，身旁是高山和大河，你还有什么可畏？山给你坚毅，河给你壮阔，气馁时看看山，观观河，从中可以得到更多的启迪。也许在你无所适从、无路可走时，你登上皋兰山或白塔山极目远眺暂时忘却一切；你坐在黄河岸畔看波光粼粼，听涛声阵阵时，心头的阴霾或许会顿时烟开云散，眼前豁然开朗。

行走在这座城市，在匆匆的步履中有一些情愫会束缚着奔跑的脚步，让你在温柔和伟岸中寻找一些温情和守护，让你在古朴和现实中捕捉一些真实和美好，让你在厚重和变幻中留驻一些温馨和记忆。是的，一些故事总是深藏在山的背后，一些情感总是蕴藏在水的深处，黄河将年年月月浓缩成浪涛，流向东方，决不吝啬的感情，在源远流长中抒写；皋兰山和白塔山把我们的年轮凝固成山峰，挺拔秀美，毫不保留的情感，在潜移默化中长吟。

仅仅是一座河和两座山的情怀吗？不，行走在这个城市你可以真正体会到西北人的豪爽豁达。兰州，是徘徊在心间最温暖的一个词，她可以给你力量，她还是你疲惫的心灵休憩的最佳港湾。兰州，是心头挥之不去的一个记忆，在行进的日子，她记录着你的喜怒哀乐，让你欲罢不能。人间万象，有人生命艰苦，一旦融于兰州，便也知足；有人生命绚烂，终究归于宁静。齐全的和谐归于一身，完整的美均匀通体，兰州是人性的方舟，黄河是心灵的家园。在这座充满人性的城市，你可以找到精神的皈依。

今天的兰州，以精致和谐大气开放为精神，以快乐指数述说人们的幸福和成就感。而她的文化，历经两千多年，无论丝绸古道遗风，还是刚柔并济的唐宋流韵，依旧带有深刻的印记，兰州，是一座相当强调现实生活精美艺术化的城市。这里的人们对吃穿住行，有着似乎超出别的城市的强烈兴趣，因为生活在这座城市的人似乎胸中都有团创业的火焰。

风吹过黄河，浪涛上飞溅着我们的梦想；风掠过两山，山峰上镌刻着我们的梦想。兰州，点燃我们的激情，让我们在这个城市书写壮丽的人生。

行走在兰州，用心感受大地。为什么我的眼里常常含满泪水，因为对生活的这片土地爱得深沉。

（摘自甘肃文化出版社《美丽兰州》丛书）

黄河穿城而过

烟火上的兰州

白一羊羽

我走过它的四季，抚摸过它每个清晨，听见过它每个夜晚的低吟。兰州像一个失败的侠客，碌碌无为地迷茫在中国的土地上，干瘪的行囊掩藏着碰撞的空酒杯。它像是暮年的流浪人，在漆黑的梦里盘算苍凉，脊背上落满了贫瘠的疤痕，同行者的欢歌不属于它。着一色凛冽在肩，它的归途从未有人关怀。

它是陌生人指尖的一支兰州，干裂的烟气撕开兰州的喉咙，像一片风沙灌进落寞人的口腔。燃烧的青烟飘去未来，微弱的火光延续着红润的落阳，牧羊人遥远的呼唤提醒着它，回家吧，兰州。

它是充饥汉面前的一碗兰州，辛辣的热气扑进兰州的眼眶，像一条瘦蛇滑入归乡人的胃囊。赤白的浑汤流进暮色，陌生的味蕾提醒着远方的故乡，掌勺人亲切的呼喝牵动着它，回家吧，兰州。

它是阅读者手中的一本兰州，游离的墨香萦绕兰州的指间，像一页往事翻动读书人的心房。尘封的浮尘跌入时光，柔和的卷轴滚动着正黄的血脉，写作人跳跃的笔尖印刻着它，回家吧，兰州。

它是过路客脚下的一座兰州，急促的脚印踏进兰州的胸膛，像一卷背囊扛上远行人的肩膀。坚硬的桥面搭去对岸，斑驳的残影编织着过客的理想，造梦者低沉的呓语催促着它，回家吧，兰州。

咆哮的黄河将兰州一刀斩开，对岸的青春在土壤里腐烂。它也曾有过辉煌，正如它曾有个梦一样的名字——金城。这旧城还残留着奢靡的香风，远眺长安，它低下骄傲的头颅，伴君侧畔，陪长安痛饮千杯，醉谈卧笑，共享十三朝的盛世繁华。驼铃声声依旧响彻连绵的丝绸之路，兰州，它紧紧抓住河西走廊，向外看是西域稚嫩的国度，回头望是华夏诗画的江山。

如今褪去历史荣贵的华衣，骨子里凌厉的气魄代代传承，原始的野蛮催化出疯魔的媚态，地下的黄河卷动着酒精漪起的巨浪，清甜的瓜果就着烈酒，一同灌进粗粝的肝肠，这里的人醉在母亲的怀里。西北的狂放却孕育出温柔的蓓蕾，兰州的大汉将玫瑰捧在手心。兰州的人民是狂野的，好些少女操着方言，多半小伙藏着弯刀，凭着意气用事，靠着交情办事。他们又是可爱的，乐观的人们喜欢热闹，他们用笨拙的行为让你感到陌生人的亲情。在这里，走街串巷的都是朋友，嘘寒问暖的都是家人。兰州的人们是无知的，他们嘲笑你空洞的梦想，兰州的人们又是博学的，兰大静静地矗立在西北的远方，向这里的土地灌输学识的甘甜。

兰州像在天上，离神很近，离世界很远，她有着奇怪的宽容，怪诞的尖锐。流浪在外地的兰州人，想起故乡会哭，回到故乡想逃，它是夜晚的故事，可以回忆，却不想经历，它是梦中的乌托邦，是野地孤独的烟火。

比乌托邦更远的远方在哪里，比孤独更炙热的烟火向何方，兰州它不知道，它只是不经事的孩子，它渴望新的答案。

兰州，我走了。兰州，我想家了。

（摘自“知乎网”，2018 年 10 月 28 日）

在路上的青春

张　磊

前几周从 Nancy 一路搬家到了巴黎，这几日总算是安定了些。昨天巴黎下了一场雨夹雪，本来散走的寒气又回来了。今天是周末，屋子里显得格外冷清，外面雾气弥漫，玻璃也挡不住寒意，凄惨的月亮若隐若现，街道上时不时传来醉汉的呼扯声……

又是一个在法国的周末，异国的冬天比想象的还要孤单寒冷。

百无聊赖，一个人坐在床上，看着叶舟的诗集，手机里轻轻地放着低苦艾的《兰州　兰州》，手里兰州烟忽明忽暗，一杯烈酒下肚，感觉温暖了些……

叶舟是我很喜欢的诗人，甘肃武威人，作家圈里也算小有名气。读他的诗，一定要来一根兰州烟，呛呛自己，再来杯烈酒，辣辣嗓子，当烟雾弥漫，酒过三巡时，诗的意境也就出来了。

叶舟虽然生在武威，却在兰州发迹，他也喜欢对外自称是兰州人。兰州这个糅杂的城市在他身上烙下了深深的印记，正如一位作家说的，叶舟就像漫天沙尘中买一束玫瑰回家，原本浪漫柔软的诗意平添了几分粗粝和质感。

也许兰州人的性格就是这样，多民族的糅合，多种文化的交融，让兰州人骨子里有种虎嗅蔷薇的诗意。

磊哥哥同作为甘肃人，性格相似又矛盾，我想讲讲我眼中的兰州。

兰州是甘肃的省会，也是中国地理版图的几何中心。黄河穿城而过，世世代代兰州人在这条狭长的河谷里繁衍生息。有作家说过，对中原人来说，她是内陆的边境，西域的起点；而对于青海、西藏的人来说，她又是繁华的内地大都市。

特殊的地理位置造就了兰州与众不同的混血气质。中原文化和西域文明在这里碰撞，汉族和少数民族在这里和睦共生。兰州的矛盾和杂糅在很多方面体现。贫瘠的土山上却孕育出了玫瑰和蜜瓜。每个角落都有粗粝的影子，却用《读者》给全中国人带来了精神食粮。兰州人喜欢的三炮台，里面混着云南的春尖、临泽的小枣、宁夏的枸杞、敦煌的李广杏，南方的清秀和北方的粗犷混在一杯里，苦中带甜，甜中有酸。还有兰州的牛肉面，一清二白三红四绿，里面揉着甘谷的辣子、武威的面、山丹的牛肉、张掖的蒜苗……兰州人不喜欢全国遍地开花的“兰州拉面”，说兰州人从来不叫拉面，就叫牛肉面，简单直率，那些“兰州拉面”都是外地人开的，兰州人不会把面做成那样。还有兰州的文人们，几乎天天晚上都是醉的，醉到衣服都丢了，钱包都被偷了，却写出了如此苍劲的文字。还有那所中国最孤单的大学“兰州大学”，默默地为新中国两弹一星作出了杰出贡献，现在又默默地独守着自己，送走一批又一批有着兰州气质的学子。最近兰州着实火了一把，也许是董小姐手中的烟，也许是低苦艾的《兰州兰州》，豆瓣上组团去兰州寻找西北的帖子时不时可以看到，各大旅行网站上，打着“中国西北游，出发在兰州”口号的旅行团一直很火，几乎团团爆满。兰州似乎又成了文艺青年的下一个“丽江”。

其实，我认为，兰州并不适合所有人。这是个复杂的城市，平静的外表下暗流涌动，糅合着浪漫和文艺，但也是个简单、率性而为的城市。兰州就好像用酒煮的一锅大杂烩，交融和冲突，还有醉醺醺的气质。然而兰州对于我来说，又是温柔的。我对兰州的印象，都是短暂的一瞥，却有太多复杂的情绪。

兰州，总是在清晨里出走。

兰州，夜晚温暖的醉酒。

磊哥哥家乡在张掖——兰州以西 500 公里的小城。还记得几年前去上海求学，由于张掖到上海的火车只有一班 T52——这班全中国路线最长的火车，每次都爆满，一票难求，所以每逢回家或是开学，都要经过兰州，在兰州短暂停留，再换乘下一班火车。

大多时候，为了节省路上的时间，在张掖乘夜火车，一夜的轰隆后，到兰州是凌晨5点左右。

5点左右的兰州还是昏昏沉沉的，喝醉了和没喝醉的兰州人都抱着被子睡着。车站附近零零散散的行人，拖着沉重的行李，昏昏欲睡。附近的商铺，黑压压的一片，偶尔几个铺子会有幽暗的灯光漏出，或许主人勤快，想早点开张……5点的兰州唯一清醒的，就只有牛肉面馆了。

出车站后，我会走向离车站最近的牛肉面馆，它很好找，出车站一直向前走，那家唯一冒着热气，灯火通明的馆子，就是它了。虽然兰州同学经常告诉我，车站附近的牛肉面不好吃，要去市里吃，还热心地给我推荐名字，但对我这样匆匆的游子来说，太多的辗转叫人疲惫，这家才是最好的选择。

于是一碗牛肉面，大宽的，上面漂着厚厚一层油泼辣子，加上一个鸡蛋和一碟酸菜，再来一盘白煮牛肉，就成了我一天奔波的开始。

兰州人管这叫“豪华套餐”，把酸菜和牛肉一股脑倒进面汤里，再卧一个鸡蛋，把它夹碎，原本一清二白三红四绿的面，就成了一清二黄三红四白四绿，多了牛肉和蛋黄的黄，也多了鸡蛋白和酸菜的白。然后头也不抬，像瀑布一样把面倒进胃里，筷子把碗敲得叮叮响，伴着面入口的吸溜声，还有咬碎葱蒜的咯吱声，奏成了兰州人最喜欢的“交响乐”。面很快就吃完了，浑身暖洋洋的，一夜火车的疲惫也缓解了不少，一种幸福感包围着我……太阳也开始升起，7 点了。

渐渐地，“交响乐”多了起来，馆子里的人也多了，周围也变得嘈杂，外面车辆的鸣笛密集了不少。兰州，终于在一碗牛肉面后，醒来了……

我则会点一根兰州烟，在烟雾中看着苏醒的兰州，然后狠狠抽几口，干燥的空气里夹杂着牛羊肉的腥膻味，这是兰州特有的味道——车站附近的小商贩总会带有这种味道。渐渐地，晨初的第一缕阳光洒满车站，行人开始密集，车站前的广场一下子多了不少形形色色的人，这时，我知道，是时候该走了。

兰州，淌不完的黄河水向东流。

兰州，东的尽头是海的入口。

当我踏上向东去的那班火车，回首再望兰州，总会想起这首歌。我知道，火车的终点，便是海的入口，便是东的尽头。

感觉这首歌就是为此时而写。我独自一人，背着行囊，远离家乡，里面有一个游戏机，几盏酒杯，头也不回地向东走，走到海的尽头。

“又要离开家乡了，唉，下次回来不知道是何时。” 每次我都这样告诉自己，接着长叹一口气，随手抹去要掉下来的眼泪，低着头，不敢看窗外的景色，因为我怕再一看，眼泪就擦不干了……

“兰州，下次再见……”

4 年的大学，每次经过兰州我都会喃喃这句话，然后轻轻哼着“兰州，兰州”，直到黑夜再次来临。

回首看看这 6 年的生活，我一直是在漂泊。从甘肃漂到了上海，再从上海漂到了法国南希，现在，又从南希——生活了快两年的城市，漂到了巴黎。法国留学期间，足迹几乎遍布了全欧洲，我越走越远。可能是看了太多的悲欢离合，见识了太多的寒心事，让我的心变得坚强。但无论怎样，无论我在何地，唯一给我慰藉的，就是兰州。直到现在，我身边一直都有一包兰州烟。兰州像是一个驿站，承载了我游子的情怀，慰藉着我孤单的灵魂。兰州虽然不是我的家乡，但却是我心灵的家， 每当我想起兰州清晨的阳光，或是那碗热腾腾的牛肉面，我总会微笑，总会在不知不觉中看看我的背包——陪伴了 5 年的老朋友。

生活在继续，也许以后还会漂泊，但我想，不管在哪里，手里必须得有一根兰州烟和一本叶舟的诗集……来吧，又要走了，one more wishky for the road。

兰州，总是在清晨里出走。

兰州，夜晚温暖的醉酒。

（摘自“知乎网”，2016 年 3 月 11 日）

五行山下双石记

马伯庸

孙悟空大闹天宫，玉皇大帝请来西天如来佛祖，将他镇压在五行山下。直到唐僧解开封印，他才恢复自由，从此甘心保护唐僧西天取经。这是中国人耳熟能详的故事。五行山是《西游记》的大关窍，到了这里师徒相认，《西游记》才算是正式开始。

那么这座五行山，究竟在哪里呢?

我们来回顾一下唐僧离开长安以后的路程。贞观十三年九月三日，唐僧西出长安，先到法门寺暂歇，再至巩州城。这里吴承恩犯了一个写小说常犯的错误，巩州其实在唐代叫渭州，一直到宋代才改名为巩州，所辖大致为今陇西临洮地区。

离开巩州城以后，唐僧来到河州卫。河州卫的历史沿革有案可查：秦代这里叫罕羌侯邑，西汉初建枹罕县，后改名金城郡。前凉始置河州，隋代河州改名枹罕郡。到了唐代，复置河州，治所枹罕。到了今天，这里是甘肃临夏回族自治州。

唐僧在河州福原寺稍事休息，次日出发，走了数十里，抵达双叉岭。在这里，唐僧的侍从被寅将军、牛处士、熊山君三只妖怪捉去，幸蒙太白金星化成老叟相救。《西游记》原文里说“相随老叟径出了坑坎之中，走上大路”。

“走上大路”四个字似是轻描淡写，深究起来却别有隐情。

河州是丝绸之路的南线枢纽。商队从长安出发，一路向西过渭河至天水、临洮地区，抵达枹罕——也就是唐代河州。河州境内大部横亘着一条巨大的积石山脉，难以继续西向，商队至此会折向北方，从永靖渡黄河，再西去西宁，越扁都口至张掖。

这条路虽然历经皇朝变迁，却一直顽强地留存了下来。隋大业五年，隋炀帝为了教训吐谷浑，从长安出发亲率大军，途经陇西（渭州）来到河州，然后自永靖渡过黄河，抵达西平（西宁），走的也是这条路。所以在唐代河州，这条渭州—河州—永靖—西平线依然发挥着作用。从唐僧的路线也能看出，他从长安出发以后，也是严格遵循这条商道西行。

但这并非是河州唯一一条大路。

隋炀帝在大业五年那次西征，击败了吐谷浑可汗伏允。为了确保胜利果实，隋炀帝在这里置了四郡，还让一名叫刘权的将军屯兵在河州河源郡积石镇。

刘权屯兵的河源郡积石镇，位于今积石山县石塬乡与县城之间，在古河州城的西北方向，积石山脉侧麓。从地图可以看出，隋炀帝屯兵于此，是为了拱卫河州—永靖大道，避免吐谷浑从西边发起偷袭。《资治通鉴》里对这个设置的目的说得很明白："捍御吐谷浑，以通西域之路。"

既然有了屯兵，那么道路自然也得延伸过去。于是隋炀帝以枹罕为起点，向西南方向修了一条路至龙首山西麓。在龙首山分开两叉，一路南下连接甘南，一路去西北至积石镇。

于是，在大业五年以后，河州境内出现了两条路：一条路向北通向永靖黄河渡口；一条路向西南方向，在距离治所数公里之外的龙首山，这条西南道分成两叉，一路转向西北积石镇，一路继续向南至甘南。

但是，河州—积石镇这一段的"大路"只从河州修到积石镇，积石镇再往循化方向就没路了，因为他们之间横亘着积石山脉。以隋唐时期的技术力量，还不足以开辟大路。如果沿这条路到了积石镇，再想往西走，就只能折向东南，绕到临夏县境内，再继续西行。

了解了这些情况，再来看唐僧的路线，就会觉得颇为奇怪。

按道理，他离开河州以后，应该北上到永靖才是正途。可《西游记》里怎么说的呢？"及鸡方鸣，随唤从者，却又惊动寺僧，整治茶汤斋供。斋罢，出离边界。这长老心忙，太起早了。

原来此时秋深时节，鸡鸣得早，只好有四更天气。一行三人，连马四口，迎着清霜，看着明月，行有数十里远近，见一山岭……”

唐僧听见鸡叫就要急着走。却不料福原寺的鸡都是周扒皮养的，喜欢半夜打鸣。四更天是凌晨 1~3 点，唐长老大半夜地就匆忙出来了。

如果唐僧是往北走的话，断不会“迎着清爽，看着明月”。凌晨 3 点的月亮应该在西边，不会在北边出现。他一路望月而行，还是大路，唯一可能去的，只有位于河州城西南方向的河州—甘南道。他走错路了。

可怜唐长老一心向西，禅心无碍，却不辨路径，本要往北却直奔西南而来，沿着甘南道一路稀里糊涂地走到双叉岭。双叉岭就是龙首山，龙首山距离河州城四公里左右，与“数十里远近”距离相阖。而且大路至此，一分为二，一去积石，一去甘南，以此二路分叉之特征，被称为双叉岭亦不足奇。

唐僧在这里遇妖——活该你这么早起床，正是妖怪们最活跃的时候——被太白金星所救，引上大路。有意思的是，按照常理太白金星应该拨乱反正，告诉唐僧走北线才对。但从后面唐僧的遭遇来看，他却把唐僧引到了西北线，而不是北线大路。

太白金星是神仙，怎么会犯错呢？

太白金星在临走之前，留给唐僧两句诗：“前行自有神徒助，莫为艰难报怨经。”也就是说，这一切都是设计好的。孙悟空被压在积石山脉达里加山下，如果唐僧往北走，根本就碰不到他了。所以神仙们处心积虑，在双叉岭略做手脚。“走上大路”四个字，指的是唐僧在双叉岭朝西北方向转向，被太白金星带上了西北积石屯兵道的“正途”。只有这个路痴圣僧走上“正途”，取经故事才能继续发展。

唐僧对此浑然未觉，开始沿着西北线移动。再看《西游记》里说的：“三藏舍身拼命。上了那峻岭之间。行经半日，更不见个人烟村舍。一则腹中饥了，二则路又不平。”这提供了两则信息：一是没有人烟，说明当年刘权屯兵处已然荒废；二是“上了峻岭”“路又不平”，说明唐僧已经越过了屯兵的石塬乡，西北线的官道到这里就到头了，前头全是山岭。《西游记》里说唐僧“牵了马匹，独自个孤孤凄凄，往前苦进”，说明地势险峻，无法骑乘，正是这一段路途的真实写照。

唐僧不知道，他不知不觉已经离开大道，正式进入积石山县、临夏县之间的积石山脉崇山峻岭里了。

很快唐僧在山中又遭遇猛虎，所幸被猎户刘伯钦所救。刘伯钦带着唐僧返回山庄，住宿一夜。从遇刘伯钦处到回刘家庄这一段路，基本可以断定他们没有向西，而是折返回东南方向，因为刘伯钦自已说的：“你既是唐朝来的，与我都是乡里。此间还是大唐的地界。”积石县是唐代的边境线，如果他们想还在大唐境内，只能往原路返回或往东南走。唐僧不肯走回头路，那么只有东南一个方向可以选择。

刘伯钦的山庄戒备森严，“走出三四个家僮，都是怪形恶相之类”“只见那四壁上挂几张强弓硬弩，插几壶箭；过梁上搭两块血腥的虎皮；墙根头插着许多枪刀叉棒”。从这些描述可见，这个山庄颇有军屯遗风，刘家极有可能是当年刘权的支脉后人，一身能斗虎的本事说不定就是隋军世代传下来的。

这个山庄的位置，当在积石山县和临夏县之间，这一带有直岭、花岭、铜锣沟、雷机沟等等，沟壑纵横，符合书中“万壑风尘冷，千崖气象奇”的景象。

唐僧在刘伯钦的山庄歇息一夜，次日上路。“行经半日，只见对面处，有一座大山，真个是高接青霄，崔巍险峻。”刘伯钦告诉他：“长老不知。此山唤做两界山。东半边属我大唐所管，西半边乃是鞑靼的地界。那厢狼虎，不伏我降，我却也不能过界……”可知这两界山就是河州卫国境的地理分界线。

而这里，就是镇压孙悟空的五行山了。

这个地方地图上能查到么？能。

以刘家庄为中心，划一个半日路程的圆圈。我们会发现，在临夏麻尼寺沟乡境西北的海东地区，有一座达里加山，临夏州与循化撒拉族自治县共享。这里是临夏州的最高点，海拔最高到4636米，号称“河州珠穆朗玛”。在达里加主峰东南有一处海拔4250米的天池，四周五峰联立，因此又称为五山池，又名雾山池，是大夏河支流老鸦关河的源头。

这就有意思了，如来镇压孙悟空的时候，说得明明白白，

“将五指化作金木水火土五座联山，唤名五行山”。按照这个描述的话，五行山跟五山池的地址是十分接近的。而达里加在藏语里，是“神山”的意思——藏民们供奉的密宗之祖，不正是释迦牟尼的法身大日如来么?

也就是说，《西游记》里的五行山，应该就在如今的积石山脉达里加山中。当年唐僧解开封印以后，压制悟空的石匣山体崩塌，变成了一个天池。

书里也是这么写的。刘伯钦“登此山如行平地。正走到半山之中”，到了半山，两个人正在拜别，只听得山脚下叫喊如雷道：“我来也！我来也！”正是孙大圣。

仔细看他们的行动：刘伯钦等走到半山，方才听到山脚下孙悟空的叫喊，然后三藏法师和刘伯钦牵马下山，才见到石匣里的大圣。可见孙悟空的石匣不在两界山东侧，也不在西侧，而是在两界山的中间。唯有如此，刘、三藏才会登山到一半，才听见他叫喊，否则早在登山之初就发现了，何必爬到一半才下来呢?

由此可见，两界山的山体是自中间断裂开来，形成一个“M”状。孙悟空的石匣并非位于山脚，而是位于“M”中底部，唐僧等人自东边登上，登到半山，听见孙悟空喊，继续前行，沿“M”的左侧斜线“牵马下山”，方才看到石匣。这时他们并不在两界山的两侧山麓，而是位于两界山中央凹陷。

考察达里加山和五山池的地质关系，我们可以知道，两界山=达里加山，五山池=五行山。两界、五行并非是一座山。两界山是一个左右分裂的山架子，古已有之，而整个五行山则是要到如来镇压孙悟空时，才从天而降，落在两界山的裂口之上。

那么五行山是何时落下来的呢?

刘伯钦说是五百年前王莽篡汉之时。贞观十三年，是公元639年。五百年前，那应该是公元139年，也就是东汉永和四年，汉顺帝在位。而刘伯钦言是王莽篡汉之时，那是公元9年，前后差着130年，估计是口耳相传记错了。

永和四年是孙悟空刑期的第一年，天上一日，地上一年，那么他大闹天宫被如来降伏，应该是永和三年的事。

查《后汉书·天文志》:

（永和）三年二月辛巳，太白昼见，戊子，在荧惑西南，光芒相犯。辛丑，有流星大如斗，从西北东行，长八九尺，色赤黄，有声隆隆如雷。三月壬子，太白昼见。六月丙午，太白昼见。八月乙卯，太白昼见。闰月甲寅，辰星入舆鬼。己酉，荧惑入太微。乙卯，太白昼见。太白者，将军之官，又为西州。昼见，阴盛，与君争明。荧惑与太白相犯，为兵丧。流星为使，声隆隆，怒之象也。

“荧惑西南，光芒相犯”，这是踢翻老君的炼丹炉；“流星大如斗，从西北东行，长八九尺，色赤黄，有声隆隆如雷”，这是大圣盛怒之下一路乱打，九曜星闭门闭户，四天王无影无形；

“荧惑与太白相犯，为兵丧。流星为使，声隆隆，怒之象也” 这是大圣打到通明殿里，灵霄殿外，三十六员雷部神将围着大圣，却不能近身。

《后汉书》总结这段天象说：“辰星入舆鬼，为大臣有死者。荧惑入太微，乱臣在廷中。”妥妥的大闹天宫范儿。可见孙大圣在天庭这一通大闹，不光惊动了神仙，连凡人们都留下了一段华丽的天文记录。

而辛巳的天文异象刚刚结束，马上在同一月的乙亥又出事了：金城郡（今永靖）和陇西郡（今临洮）发生了大地震。临夏，恰好就在永靖和临洮之间——不用问，这自然是五行山一屁股砸下来所引发的动静。

然后从次年开始，孙悟空就被五行山镇压在如今的临夏积石山脉达里加山下，一直到五百年后遇见唐僧。

五行山飞来是在汉代，去唐年代久远，又缺少记录，只是故老口耳相传，慢慢大家都把它们当成一座山来看待。等到了唐王征西定国时，准备划分国界。一般国界划分的原则多以沟壑岭河为界，唐王看到这座山的“M”造型，觉得山体的中央凹陷简直就是天然的国境线，于是便以两界为名，彻底把两者混为一谈。刘伯钦说：“这山旧名五行山，因我大唐王征西定国，改名两界山。”就是证据。

至此，我们已经对五行山一带的地理关系有了一个清晰的了解：唐僧先入积石山脉，再登两界山（达里加山），登到一半，听到孙悟空的呼喊，寻到石匣（五行山）。这才有了后面的故事。这一切，都是发生在河州境内。

发现这个缘由以后，我兴趣大起，决定再仔细查一查，结果发现，河州这个地方，跟孙悟空还挺有缘分的。《尚书·禹贡》云：“（大禹）导河自积石，至龙门，入于沧海。”《史记·夏本纪》记载：禹“道河积石，至于龙门”。

积石山脉又叫阿尼马卿山，藏语里是黄河之祖的意思，是黄河上游源头之一。大禹在这里开始治水，再正常不过。可见这临夏之地，还是大禹治水的起点所在。

大家都知道，大禹在治水的时候，有一件测量江海深浅的法宝，叫作定海神针铁，也叫如意金箍棒……

巧了，孙悟空当年被镇压的地方，恰好也是他的兵器出世之地。

这是不是有点太巧了？

但巧合还不止如此。

上古之时，共工与祝融争位。共工失败，怒触不周山，天倾西北。天倾西北，也就是说这不周山位于西北方向。根据《山海经·大荒西经》的记载：“西北海之外，大荒之隅，有山而不合，名曰不周。有水曰寒暑之水。水西有湿山，水东有幕山。”可见到了《山海经》的时代，不周山仍旧存在，而这山的最显著特征之一，就是“不合”。

不合，即是分裂；而且还特别高，可以视为天柱。西北方向同时具备这两种地貌特征的，莫过于海拔 4636 米的达里加山。“寒暑之水”显然指的是黄河。黄河在河州这一段的走势，是走西北到东南的斜线，其西侧有积石山脉余脉，其东有烟墩山，与“有水曰寒暑之水。水西有湿山，水东有幕山”的特征完全吻合。

所以在五行山飞来之前，两界山（达里加山）在上古时代，很可能就是不周山。而围绕不周山最有名的传说，不是共工祝融，而是女娲补天。

事实上，根据临夏当地民间传说，积石山脉的名字，根本就是来自于女娲补天。相传女娲在此补天，补天用剩下的石头堆成一座高大的石山。这些石头质地与天穹一样，还会随着日出日落变换颜色，所以叫作积石山。

我们现在发现了，河州真是个神奇的地方。它是天地崩塌之处、女娲炼石补天之处、大禹治水的起点，还是孙悟空被镇压的囚笼。这些传奇故事怎么会凑到一处？这几者之间有何联系？

女娲补天，把用剩下的石头堆在这里，形成积石山。这故事是不是似曾相识？

中国最有名的石头，除了孙悟空，还有一块。而这一块，恰好就和女娲补天的故事息息相关。这就得引入另外一本与《西游记》齐名的名著《红楼梦》。

《红楼梦》里说：“女娲氏炼石补天之时，于大荒山无稽崖炼成高十二丈、见方二十四丈大的顽石三万六千五百零一块。那娲皇只用了三万六千五百块，单单剩下一块未用，弃在青埂峰下。”

这地方到底在哪里？还是要去《山海经》里找答案。《山海经·大荒东经》：“东海之外，大荒之中，有山名曰大言，日月所出。”“大言”，就是胡说，胡说即是无稽。于是通过大荒——大言——无稽这个坐标，可以锁定这青埂峰是在东海之外。

等一等，这个地方，总觉得有些眼熟？

东胜神洲海外有一国土，名曰傲来国。国近东海，海中有一座名山，唤为花果山。花果山上恰好也有一块感了灵性的石头。而且听听这花果山上那石头附近的景色，说：“一条涧壑藤萝密，四面原堤草色新。”青者，草色；埂者，堤坝，意即隄埂。明明白白就是青埂之意。

于是事实很明显了。东胜神洲海外，即是东海之外；大荒之中，即是花果山；无稽崖青埂峰，则是灵石栖身之地。花果山的那块灵石，正是女娲扔在大荒山的那块。

女娲不是在河州补天么？怎么又去了花果山呢？

这里其实有一个误解。

补天和炼石，是两回事，两道工序。就好比盖房子的时候，混凝土搅拌都是在别处配好，再送到工地来。

《淮南子览·览冥训》载：“往古之时，四极废，九州裂。天不兼覆，地不周载。火爁焱而不灭，水浩洋而不息。猛兽食颛民，鸷鹰攫老弱。于是，女娲炼五色石，以补苍天；断鳌足，以立四极；杀黑龙，以济冀州；积芦灰，以止淫水。”

可见女娲那时候并不是只有补天一个项目，她的工程遍布九州。因此她不可能在每一处施工地点都就近设置原料配给，而是要采取一些更有效率的手段——建立一个大的物流中心，把所有原料都集中在此，分散供应。

女娲需要石料、需要鳌足，还需要大量的芦灰。其中鳌足比较难弄，必须要在东海才有，其他物资相对容易取得。花果山号称“十洲之祖脉，三岛之来龙”“正是百川会处擎天柱，万劫无移大地根”，可见石料丰富，而且植被丰富，制芦灰也非常便利；花果山又在东海之中，方便捕鳌。从全国救灾布局来看，这是最理想的物资加工集散地。

可见女娲是在花果山炼石，然后再搬运去河州两界山进行补天。虽然常人看来两地距离太过遥远，但对着眼九州的女神来说，并不太难。

可是查《西游记》与《红楼梦》，花果山的石头，其石有三丈六尺五寸高，有二丈四尺围圆。而大荒山的石头高十二丈、见方二十四丈大。两者大小完全不同，岂不是矛盾吗?

这其中必有波折，而这个波折与后面的传说大有关系。

女娲炼石，显然是在石猴出世之前。《红楼梦》说青埂峰下这石头，“自经锻炼之后，灵性已通”，可以“自来自去，可大可小”。就是说它不光可以变化，还会走动。

有灵性，说明它这时候变得跟人一样，心态也与人心一般无二。这石头本来就是一腔愤懑，“因见众石俱得补天，独自己无才，不得入选，遂自怨自愧，日夜悲哀”。如今能走了，按照人的心理逻辑推断，它第一个地方，会去哪里呢?

显然是不周山。它没机会去补天，那么去看一眼补天之地，也算是能够稍微弥补一下遗憾。就好像现在的学生，就算没考上北大，好歹亲眼去看一眼也好。

于是它就跑到不周山（达里加山），恰好赶上大禹治水，正为缺少一件“能大能小”的量器而烦恼……

我小时候听女娲补天的传说，一直有一个疑问。石头炼出来的，都是岩浆，怎么能够用来补天呢?

任何神话，反映的都是同时代人类对大自然的认知和技术能力。神祇们的一举一动，都有其现实基础。后羿射日，代表了弓箭的利用；周穆王见西王母，代表了马车的兴盛；龙王的传说，则是先民迈向海洋的想象。女娲炼石，应该也是一种人类行为的折射。

但没有一个人类文明会无聊到把石头炼成岩浆，因为这没有意义。所以，我认为女娲所谓的“炼石”，炼的不是普通石，而是铁矿石。女娲搜集石块焚化补天，实际上是一个金属冶炼的过程。古人最早掌握的是块炼铁，在较低的冶炼温度下，将铁矿石固态还原获得海绵铁，再经锻打成形——这和女娲炼石的步骤十分相似。

也就是说，这块无才补天的“灵石”其实是一块铁矿石，它的特征是五彩晶莹。大自然中有一种针铁矿，水合铁氧化物，颜色很丰富，由黄褐色到红色都有，色彩斑斓，从前还被人当作颜色原料使用，在古人眼中当得起“五彩”的名号。灵石应该就属于这一类。

这块成精的铁矿石虽然没资格去补天，但经过女娲的冶炼，它变成了一块上好的熟铁。这么一块好材料突然跑到积石山去，遇见大禹，试想治水急缺材料的大禹会怎么选择?

不过大禹收复原石也着实费了一番手脚。

在唐代笔记《戎幕闲谈》里，记载了大禹在桐柏山与“形若猿猴，缩鼻高额”的淮涡水神无支祁大战。《戎幕闲谈》里面提及无支祁有一项特长：“善应对言语，辨江淮之浅深，原隰之远近”，这个功能与金箍棒是一样的。

这条线索说明，无支祁实际上就是金箍棒。可以推想当时的情景：原石抵达积石山，被大禹看中，想要拿他去“辨江淮之深浅”，却遭到了顽强抵抗。他们从积石一路打到淮河，原石化身为淮涡水神无支祁，“惊风走雷，石号木鸣”，最后大禹费尽手脚，才把他压服，镇在龟山之下。

不过大禹并没把无支祁留在龟山很久。《西游记》借龙王之口说得明白：“棒是九转镔铁炼，老君亲手炉中煅。禹王求得号神珍，四海八河为定验。”可见，很快就送到太上老君那里进一步加碳锻炼，直到从熟铁变成镔铁，也就是钢，才拿来打成棒子，用来测量深浅。而正因为它的材质是针铁矿，所以才被命名为“定海神针”而不是什么“定海神柱”或“定海神棍”。

不过大禹应该没有把材料都用完。

《红楼梦》里灵石原矿是“高十二丈、见方二十四丈大”，是个长立方体。再看孙悟空出世时的灵石：“三丈六尺五寸高，有二丈四尺围圆”，出铁率低得惊人，也不知道老君的炉子是怎么烧的，兜率宫里贪渎了多少。

可怜化身无支祁的原石，大部分精华被淬炼浓缩成了金箍棒，只剩下一块小石头幸存下来，得以返回花果山，孕育出一只石猴。

这也就解释了，为何孙猴子见别的兵器都不趁手，只是金箍棒一见如故。而那金箍棒别人多使唤不了，唯独孙悟空他能随口指挥——盖因两者根本就是一体所出。

关于孙悟空不是石猴而是铁猴的证据很多。孙悟空被二郎神擒住以后，刀砍斧剁，雷劈火烧都拿他没办法，最后还是太上老君出了个主意：“那猴吃了蟠桃，饮了御酒，又盗了仙丹，我那五壶丹，有生有熟，被他都吃在肚里，运用三昧火，煅成一块，所以浑做金钢之躯，急不能伤。”完全是炼铁的口吻。然后老君又建议说：“不若与老道领去，放在八卦炉中，以文武火煅炼。炼出我的丹来，他身自为灰烬矣。”这说明他已经想起来了，自己曾经把原石炼成金箍棒，如今故伎重演，炼这“矿渣”又有什么难的?

孙悟空一进炼丹炉，躲在有烟无火的巽宫位置，熏出个火眼金睛。他对地形如此熟悉，自然是因为曾经进过一次的关系。

等到孙悟空被压五行山下，如来吩咐他，饥时，与他铁丸子吃；渴时，与他溶化的铜汁饮，也是看穿了他其实是铁矿石成精，要给他大补。

高老庄孙悟空抓了猪八戒，吴承恩还插了一首诗："金性刚强能克木，心猿降得木龙归。金从木顺皆为一，木恋金仁总发挥。"把孙悟空比为五行中的金，意指再明显不过。

我们更不要忘记，早在《西游记》之前，南宋《大唐三藏取经诗话》里的孙悟空原型，就是叫作"花果山紫云洞八万四千铜头铁额猕猴王"。

种种证据都表明，孙悟空和金箍棒是同源所出，女娲补天遗弃的铁矿石成精。

但这时候，另外一个矛盾就产生了。

我们都知道，《西游记》里说这块灵石化为石猴，保护唐僧西天取经；《红楼梦》里却说那块灵石后来化为通灵宝玉，被一僧一道携去了凡尘。

一块灵石，如何能有两种下落呢?

要知道，第一个拜访五行山的和尚不是唐僧，而是一个叫昙河迦罗的人。

昙河迦罗是印度律学大师，自西域前往中土传教。他在曹魏嘉平二年（250 年）抵达洛阳。昙河迦罗是从西域过来的，到洛阳最快捷的路是走西宁—永靖—枹罕—陇西—长安一线。枹罕（河州）是他必然会经过的地方。

昙河迦罗来到洛阳以后，除了译经以外，还在白马寺设戒坛，建立羯摩法，首创戒度僧制度。当时洛阳有一个僧人率先登坛受戒，成为汉家沙门第一人。

顺带一说，这人姓朱，俗家名士行，受戒后的法号是八戒。

朱八戒此人在十年以后，从雍州出发，经过河西走廊至敦煌，直抵于阗国求取真经。巧的是，朱八戒想求的经，叫作《大品般若》，乃是大乘佛经的重要典籍。在于阗国，朱八戒抄录了《大品般若》梵本九十章六十万字，本打算带回洛阳。但小乘教派的僧侣横加阻挠，游说国王禁止，生怕大乘传到中土发扬光大。八戒大怒，把抄本扔到火里，说火不焚经，即见佛法。结果抄本在火里丝毫未损，国王无奈，只得应允。八戒弟子把它千辛万苦送回中土，译成汉言，起名“放光般若”——当然，这是后话了。

就在昙河迦罗路过枹罕的同一年，这里还发生了一件大事。

蜀汉卫将军姜维在这一年突然进攻西平。当时征西将军郭淮刚刚卸任，新上任的雍州刺史陈泰在从陇西到西平之间布置了一条绵密的防线，防线的核心就在枹罕。姜维带兵不多，只有一万多人，结果不克而归。

当时在枹罕魏军的阵营里，有一个叫张盛的年轻人。这人来头不小，是张道陵的后人，张鲁的第三子。

张道陵在汉中创五斗米教，称正一天师，作《老子想尔注》，始称教内修行体道者为“道士”。张道陵死后，天师之位传至张衡，再至张鲁。张鲁降曹，五斗米教遂冲破汉中一隅，扩散到中原地区。张鲁去世，其子张富（又名张滋）继嗣。他的四个弟弟张永、张盛、张溢、张巨，都在曹魏有官职。张滋继承的是张鲁的爵位，而宗教上面的衣钵，则被张盛继承，成为第四代天师。

一僧昙河迦罗，一道张盛，两个人在嘉平二年齐聚枹罕。而这时候，孙悟空在枹罕境内的五行山下已经压了 114 年。《红楼梦》里所说的“一僧一道携石远游”，与此相合。只不过在地点上有些含混，误把“补天”处的积石山和“炼石”处的花果山混为一谈了。

积石山脉真是这块灵石的克星，它在这里已未得选入补天之列，又被大禹炼去了大半菁华。如来选择把孙悟空镇压在此，显然也是存了借用此地的运势克制猴子的念头。但这样还不足以放心，所以释教与道教联手派出了昙河迦罗和张盛，又去了一趟五行山，故意说些红尘中荣华富贵，让顽石动了心思。“茫茫大士，渺渺真人云云”，全是“马甲”。

经过一番唇舌诱惑，释道两家的目的最终达到了。那灵石不知是计，以为两位仙师要帮自己恢复自由，毅然留下孙悟空的肉体在山下受刑，自己跟着这一僧一道下了山去。《西游记》虽未明言此事，却用了两句诗隐晦表达其中关节：“恶贯满盈身受困，善根不绝气还升。”可见这时候的孙悟空，灵与肉分开了。

其实昙河迦罗和张盛带走的，不是什么“善根”，而是“恶根”，说得再明白点，是孙悟空的戾气。只有先去除孙悟空的滔天戾气，才能保证他乖乖跟唐僧西去。

这也就解释了，为什么后来唐僧遇见的孙悟空，暴戾之气大不如前，即便是偶露不耐，也是残余性情使然，稍加念咒即可平服。但这一灵肉分离的举动，也并非是全无代价。戾气一去，战意也随之低落，结果导致曾经大闹天宫的孙大圣实力急遽跌落，在取经路上经常拿一群山精兽怪毫无办法。

若是当年的齐天大圣，哪用得着十四年工夫才把唐僧护送到西天？如来和天庭为了维稳，也只能选择忍受低效率的基层执行力度了。

围绕这个分离出来的戾气灵石，道教和释教做了一个交换——释教放弃对灵石的控制，相应的，昙河迦罗前往洛阳开创了沙门戒律，让佛法在中土更加广大。而得到灵石的张盛则在永嘉年间南渡，携《印剑经箓》来到鄱阳郡中的龙虎山里隐居，开创正一道龙虎宗。那块代表了孙悟空“戾气”的灵石，也被存放于此。

从此历代张天师，即以龙虎山为祖山，代代相传。后来到了北宋嘉祐三年，洪太尉去龙虎山寻天师，此时是三十代天师张继先在位。洪太尉妄自尊大，发现山中有一处伏魔殿，非要开门，结果在里面发现一块石碑。他掀开石碑，误走了一百零八个魔王。

《水浒传》是怎么描述当时情景的呢？“泰华山头，巨灵神一劈山峰碎。共工愤怒，去盔撞倒了不周山。”

两句单独看，都没什么特别奇怪的，但如果把巨灵神和不周山的典故并列，唯一的重合点，即是孙悟空。也就是说，这是一个明显暗示，此石碑与孙悟空有着莫大的关系。

这块石碑，自然就是当年被张盛带回龙虎山的戾气灵石。张继先解释来历时说："老祖大唐洞玄国师封锁魔王在此。"这个"洞玄国师"指的是第十四代天师张慈正，在位跨越大唐太宗、高宗两朝。

张盛带石进山是西晋永嘉年间，这么多年都平安无事，为何到了张慈正时代才想起来要封锁魔王呢?

那自然是因为孙悟空在贞观十三年出世，惊动了与他同气连枝的戾气灵石，于是后者在同一时间也试图离开龙虎山，它成功了。成功逃脱束缚的它化身成了一只六耳猕猴，直奔取经队伍而去，引发了真假孙悟空的故事。

如来在真假悟空之争时曾讲道："汝等俱是一心，且看二心竞斗而来也。"说的就是当年孙悟空一分而二灵肉分离的掌故。这六耳猕猴正是悟空心中的戾气所化，两者本为一体。

对此，明末董说的《西游补》里说得更明白。老人道："大圣，吾叫作孙悟空。"行者道："我也叫作孙悟空，你又叫作孙悟空！一个功劳簿上，如何却有两个孙悟空？你且说平日做些什么勾当来，等我记些事实罢了。"老人道："若问我的勾当，也怕杀人哩！五百年前要夺天宫坐坐，玉帝封我弼马温做做。齐天大圣是我，五行山下苦一苦，苦一苦，苦得一个唐僧来。"行者大怒，道：“你这六耳猕猴泼贼！来耍我么？看棒！”耳中取出金箍棒往前打下。老人拂袖而走，喝一声道：“正叫作自家人救自家人，可惜你以不真为真，真为不真！”突然一道金光飞入眼中，老人模样即时不见。行者方才醒悟是自己真神出现，慌忙又唱一个大喏，拜谢自家。

这一段故事，把两者的关系分剖得明明白白。所谓六耳猕猴，其实是孙悟空的真神，是他心中所存的戾气。

我们之前考证金箍棒与孙悟空的关系，也是一体。这就可以解释，为何六耳猕猴化身成假孙悟空，却能与真悟空的金箍棒抗衡，盖因此三者系出同源，俱是无支祁一体所化之故。

六耳猕猴在取经路上险些酿成大祸，幸亏如来及时出手，让它被孙悟空一棍子打死，碎成一百零八块散碎石片。唐僧师徒继续西行，而这些散碎石块则被如来遣人送回龙虎山。

本来压制悟空是释、道两教联手所为，如今道教失察走了魔王，反被释教解决，道教失去面子不说，弘教的主动权也因而丧失。是以大唐自太宗以降，崇佛之风日盛，几十年后彻底压过道教——如来当初不让昙河迦罗争石，故意让道家张盛保管戾气灵石，无疑是早就算到了这一步。取经只是幌子，谋取中土佛权是真。

戾气灵石被送回龙虎山以后，惹出祸事的张天师不敢掉以轻心，建起伏魔殿，把这些碎片死死封住，历代不许开启。直到洪太尉出现，这些灵石才挣脱而出，又酿成一番大祸事。道教好不容易经营出一个崇道的宋徽宗，生生又被这一意外事故搞乱了局面。

这一百零八魔王闹了一段，相继感神归位。道教到了这时节，方才明白如来的用意，自然不敢再把它留在龙虎山，干脆把碎片重新熔炼一起，炼出一个混世魔王，在释教默许之下送入凡间应劫。等到劫数满了，一僧一道再次出现，把它送回到花果山青埂峰下的本源之地，故意在石上记录下一段凡间经历，前面嫁接补天缘由，中间一大段经历俱被删削，好教世人以为这灵石自补天被弃以后一直在这里，不曾离开，而真实经历再无人知晓。

在空空道人降临之前，《红楼梦》言这石头经历所谓“不知过了几世几劫”其实就是指它数次化形遇劫的离奇经历：一世为女娲之石，落选补天应劫；二世为水神无支祁，大战禹神应劫；三世为定海神针，炉中熔炼应劫；四世为齐天大圣，五行山下应劫；五世为戾气灵石，灵肉分离应劫；六世为六耳猕猴，惨遭棒杀应劫；七世化为一百零八魔王，神聚蓼儿洼应劫；直到第八世才变成通灵宝玉，荣国府家破人亡应劫。

空空道人见石上字迹分明，编述历历，记载着木石前盟金玉良缘，自以为得了真传，实是买椟还珠，只取走了悬幌虚饰，殊不知“不知过了几世几劫”八字后头，才藏着偌大的故事哩。而那通灵宝玉上镌刻的“莫失莫忘”，想来该是灵石记忆被篡前喊出的最后希冀吧？

（摘自“知乎网”，2013 年 11 月 7 日）

新阳镇

雷　达

或许从出生那一刻起，我就注定了与天水、兰州两地无法分割。我的母亲祖上是临夏人，实为兰州人，父亲却是天水人。我本人生于天水，一岁大点儿被父母带回兰州；从那时起直到1965年，一直在兰州，却不时往返于兰州和天水两地。

在外人看来，天水和兰州不都在甘肃吗？能有多大区别呢？其实，他们哪里知道，甘肃这块地方很怪，幅员辽阔，民族杂多，地貌错综，文化斑斓，是个至今也没有得到真正广泛认可的神秘的文化大省。它在地图上呈长条状，有人说像一只哑铃，有人说像一只马靴，有人说像一条飞龙，它广大到40多万平方公里，从兰州坐飞机到北京的距离，与在本省从兰州飞到敦煌的距离竟相差无几；至于各处文化的错杂更是难以尽述。所以，天水与兰州两地，文化的异质并不奇怪，无论就口音、习俗、历史、风气、艺术、性格倾向、精神气质而言，都有莫大的差别。我从小穿行于两种文化之中。天水给了我一个广大的精神空间。

我的家乡新阳镇就很值得一说。它距天水县城约六十华里，是渭河上游的几大古镇、名镇之一。我小时候它叫“沿河城”，却并不见城墙，不知何以以城名之，现在的人早不知“沿河城”为何物了。南面壁立着凤凰山，似屏障，颇雄壮，也叫邽山，据说古时属上邽县管辖。我发现，天水农村的风俗情调与《白鹿原》或高建群《大平原》里的关中农村极为相近。原来，一切皆缘于一条伟大的河流——渭河。渭河发源于甘肃渭源的鸟鼠山，向东流过甘肃东部，到陕西的宝鸡出大散关，流过经无数岁月形成的八百里秦川，最后在潼关入了黄河，全长近 900 公里，乃黄河最大的支流。记得钱穆先生曾说，所谓农耕文明往往诞生于河谷地带或冲积平原。细审之，渭河流域农耕文化成熟之早，其发达绚烂程度，应在黄河与长江文化之上。新石器时代早期的大地湾文化、半坡文化，何能离得开浩浩渭水呢？

渭河从甘谷东端流进了新阳镇。它从胡家大庄和裴家峡的中间冲出来，绕过寺嘴山脚，拧了一道大弯，硬是冲积出一片肥沃的河谷盆地新阳川；河水从谷地中间穿过，呈肘弯形，将镇子劈为西南和东北两半。再往东去，便是有名的卦台山了，伏羲创画八卦的地方，属三阳川境，是又一处名镇。我出生那年，“五四运动”健将、清华大学校长罗家伦曾登上卦台山，发出过“智缘书契始，一画破鸿蒙”的赞叹。

与黄河的雄浑不同，渭河大多数时候显得比较温婉，连水鸟也眷顾这片美丽的地方。我小时，从冬到春的河滩上，总有灰颈鹤和白鹭鸶优雅安详地散着步，它们有长长的颈和细细的腿。少年的我极爱它们，有时大胆贴近到只几步远，都伸手可及了，它们却神态自若，并不惊飞。新阳川既分为西南与东北两片，集市在南面的温家集，我们居住在北岸王家庄、赵家庄一带的人要赶集，要买卖东西，或上天水县，就非得过渭河不可。秋冬至初春，渭河水瘦，人们就架起草桥，草桥柔软有弹性，独轮车滚过时，忽闪忽闪，发出轻轻的呻吟。一到盛夏，渭河会变脸，露出凶相，发大洪水后巨石躺满河滩，景象很是恐怖。平时虽也有渡船可渡人，但常翻船，淹死人。聪明的村人就想出一法，在河两岸各栽一大木桩，拴上铁环，在钢丝上系一大箩筐，一次可坐四五人，来回拉动，像土造缆车，大大方便了老人、妇人和孩子。

在我的记忆里，广袤的河滩地种的全是高粱，每一株都像红脸蛋的女孩或英武的汉子，无边无际，血色深浓，随风摩挲出哗啦啦悠远闷暗的声响，好像里面藏着无限的秘密。看电影《红高粱》里野合的那片高粱地，心想，比起我老家的，真不算什么。高粱在我家叫“秫秫”，是主食。“秫秫”吃起来酸涩，不好消化，据说因为产量高，乡人一直在种它，吃它。只有过年时，高粱才有点可亲，用高粱酿的“稠酒”很好喝，装在一个粗而高的黑瓷罐里，下方凿个小嘴儿，形如小孩的“牛牛”，一拔就撒尿似的冒出来。我一觉好玩，二觉好喝，喝起来没够，几次醉倒。我平生喝白酒没醉过，若说醉，也只醉在这稠酒上。

我至今惊讶于家乡灌溉系统的巧妙和复杂。它不用人力、畜力、电力，只充分借用水力。先是沿渭河边开出多条大渠，引入河滩，渠水宽阔，湍急，利用高低落差，每隔一段就现出一座磨坊，河水激溅得大小木轮飞旋，带动磨坊里各种石磨呼隆隆地转。小时的我会盯着水磨一动不动，听水声喧嚣，看浪花狰狞。四岁时，热衷观赏水磨的我，终于滑入了水渠；人进入磨道，不但必死，还得血肉横飞，但我幸运地被人救起了，成为乡间一佳话。对牲口我也好奇得很，曾钻到骡子身底下，遭一蹄擦过额头，血流满面，后仅留一疤。雷家巷道的老人们只要一提起我，必会津津乐道这些。

我更忘不了老家纺织的风尚。几乎每家都有一台土织布机。人坐在高凳上，踩踏机子，一高一低的，手则不停地抛掷着梭子，发出咔嗒——呱嗒——夸嗒的声音，响遍了巷道的上空，一直响到深夜，甚至鸡叫天明。这是故乡特有的乐章。新中国成立前布是缺货，洋布尤缺，农民只能穿自制的土布。新阳镇历来自产棉花，手工纺织业便兴盛，据说一副脚踏织布土机弄好了可养活五口之家。但要把带籽的棉花织成一匹匹布，得经过“取籽”，再将“生花”变成“熟花”，中间有八九道工序，难极矣。我家墙头就挂着一张大弓，弹花用的。织布机对我来说是神秘的，我常想那深深的农家院里，织布的人是谁，什么模样？后来走亲戚才发现，大多是些年轻的小媳妇，见来客人了，她们会走下织机，腼腆地默立一侧，她们清澈、忧郁的眸子是我终生难忘的。那也许是渭河流域一种特有的古典的美吧。

在我看来，我的乡亲们是些最有文化的人。这些平日的泥腿子、庄稼汉、扛长活的，一到大年初一早晨，一个个从门楣上刻着“耕读第”“诗书传家”“仁义孝悌”匾额的院子里走出来，大都换上干净的长袍，彬彬有礼，表情肃穆，背着手儿，缓缓地鱼贯登上寺嘴山的家庙，去敬香祈福。我在他们脸上看到了对祖先、对传统的无比虔诚和敬畏。有些人的发型很怪，前半部脑壳剃得精光，后半部却蓄满长发。这是否晚清时代的一种孑遗？康有为、梁启超似乎就留过这种头。我一见就想笑又不敢笑。这种发型，在我印象里，直到“大跃进”时才不见了。新阳人的方言也独特有趣，把奶奶叫“婆”，把爸爸叫“大大”，把你的叫“牛的”，把我的叫“敖的”，把舅妈叫“妗子”，把最小的叔叔叫“碎爸”，等等。家乡人除了勤于农耕，就是渴望孩子成为读书人，尤重视书法字画；看一个孩子读书好坏，先看毛笔字写得如何。外地公干的人一旦返乡，立刻就会有人手持宣纸登门来求“墨宝”。我毛笔字不行，这成了我多年来怕回老家的潜在原因之一。正因文风之盛，小小的新阳镇出了不少人物，例如黄埔一期出身，曾任国民政府甘肃省政府主席的著名起义将领王治岐，著名文史大家霍松林，资深国画家郭克，还有近年颇为活跃的中国道教学会会长任法融——他是凤凰山席家寨子的，也可算新阳人吧。

登上寺嘴山顶，新阳全境尽收眼底。渭水萦绕，山风呼啸，城墙逶迤，枯草抖颤，天兰铁路风尘仆仆穿山越岭而来，不由人遥想历史。人们首先得拜黑爷。黑爷是雷氏宗族的偶像，史载黑爷名叫雷王保，生于西晋陇西郡，后为东晋有名的廉臣，其后裔多落脚于秦州。另一条史述似更贴近现代，言六百多年前，1379年即明洪武十二年，王家庄尚属未开垦的处女地，植被茂盛，鸟兽成群，秦州守将雷时清的次子雷彬携眷属到此，为最早的拓荒者，他又招来外甥王世清共同垦荒，此地遂起名雷王庄。我查了书，洪武十二年正是颁布《大明律》的年头，朱元璋残酷的高压政治达于顶点，雷彬的“避世”无疑是明智的。再后来，修起了寺嘴山城堡，并建雷氏宗祠，供奉黑爷。清康熙初城堡扩建为庆寿寺。今天它已是闻名遐迩的大寺观了。

我摸着垛口坚硬如铁的老城砖问，这“方孔”何用，乡人说是防土匪的，能向下发射土枪炮。老人们说得最多的，是1935年8月9日，红25军徐海东、程子华部在长征中渡过渭水，驻扎于我王家庄、赵家庄的事迹。据92岁的王纯业先生给我的信中说，那天正逢集日，在办庙会，唱秦腔；因先前墙上多刷反动标语，大军忽至，群众惊得目瞪口呆。但大军秩序井然，群众并未惊逃，戏照唱不误。大军在河边磨工们的帮助下安然渡过河。首长给每个磨工赠送了中药两丸，说是治感冒和肠胃病有奇效。

晚饭部队入各农家，凡取用百姓瓜菜、面粉、油盐者，必放置铜元、银元、红白糖、茶叶等物补偿，超过了市值。那天红军独未进国民党 119 军军长王治岐的家。程子华与王治岐在黄埔军校同过宿舍，20 世纪 80 年代两人在黄埔校友会上见了面。王说："当年何不进我家院子?"程说："你家土坯房破破烂烂，战士不愿进啊!"二人遂拊掌大笑。

对新阳镇而言，最欢腾的日子莫过于 1951 至 1953 年修筑天兰铁路了。因"新阳火车站"定位在王家庄，筑路大军便驻扎在王家庄、赵家庄周围，全是帐篷与板房。一时，天南海北口音的铁路员工涌进小镇，约三千人的大自然村王家庄也骚动起来了，整个村庄像过节般兴奋。小贩们的数量激增，而打扮入时的姑娘们常常在工棚附近勾肩搭背，嬉笑追逐，深夜不散。当时，开凿安林山隧道是一场大仗、硬仗，牺牲过多人，终于成功了。"试通车"的那一刻是终生难忘的，男女老幼全跟随着火车跑啊跑，一个个跑得喘不上气，有人跑掉了鞋，直追到火车钻进隧洞。那时，"铁路上的人"是穿四个兜儿制服，别钢笔，戴手表，用多节长手电筒向夜空中扫射的人，令人艳羡。嫁给铁路工人，也成了农村姑娘改变命运的契机。依我看，天兰铁路的修通固然是西部工业化的前奏曲，但在某种意义上也是爱情的胜利。甘谷女子、天水女子，成为铁路眷属者最多。

我的心就是这样随着记忆之舟滑翔着，起伏着。像这样的事我还能想起不少。小时，在阎家场的戏台下，因我说的是兰州话，村里孩子用好奇的眼光看我，齐声有节奏地喊“兰州娃、兰州娃”，视我为“怪物”，想接近又不敢，便互相推搡着想挤倒我。可我很快学会了天水话，隔阂渐消。我的家族有个不成文的规定，那就是不管其他人回老家否，我是必须要在寒暑假回来的。那是当年我婆（奶奶）规定的。因为我哥是哑巴，残疾人，我成了雷家唯一靠得住的继承人。老家的生产队居然同意给了我一份自留地，直到我大学毕业北上，才注销了。何能如此，我至今不解。不过，比起许多趣事来，最难忘的还是人。单从自然条件来看，或以为新阳镇很富庶，其实这是错觉，这里地少人多，资源有限，仅靠传统农业维持着，低收入，高消费，以至近几十年来，人们一直在和贫穷做斗争。

我们的家，就出了一位顶门立户的女人，那就是我的大嫂谢巧娣。大嫂娘家是最贫困山区蚰蜒嘴的，为了糊口，她嫁来我家，做了聋哑人的妻子。因我的同父异母大哥雷嗜学是聋哑人，只会老实耕田。大嫂先是做童养媳，经历雷家老人先后谢世，逐渐成为家庭掌门人。她是六个孩子的母亲。为人刚强，泼辣，能吃苦，敢踢敢咬，不畏强势，护得住家里的那点财产，使一切觊觎者惧怕。

大嫂对我却爱护备至，她大我二十来岁，对我的感情近乎母爱。大嫂一心想把我这唯一的小叔子彻底“天水化”。我少年时候，她就想着给我包办婚姻，每到寒暑假，强拉我去相亲，我眼睛近视，根本没看清什么，敷衍而已。所以总是失败。嫂子似乎

新阳镇

不明白，我是只能生活在兰州的，一切都属无用。

三年困难时期，我在省城饿得受不了，偷偷跑回新阳镇，其时满目荒凉，大嫂也饿得面色发绿，脱了形，却不顾儿女的哭闹，给我烙了高粱面馍。我看见，为了一家人活命，大嫂在拼命织布，并在山下开荒。那时扒火车，跑陕西，或下武山，用土布去换点粮票或粮食是一条重要的活命之路；但危险，东西常被没收，遭毒打，被轰下火车。我亲眼看到的一幕是：半夜，大嫂一层一层地往自己身上缠土布，缠到最大限度，人呈庞大圆锥体，头都不能转侧，下蹲更难，然后用衣衫裹好，挪着身子去扒火车。我无法想象，眼下是数九寒天，她纵然躲过检查，该到哪里，该怎样卸下身上的布？她还是一个年轻的女人啊。一次在陕西，她用土布和一件旧皮袄换得一些粮票和一小袋面。不料这家人忽然要她留下来当“女人”。嫂子哭着说，我家有哑巴男人和快饿死的儿女呀，陕人却不放；其人与嫂子在土炕上“相持”了很久，实为一场搏斗，陕人竟不敌。嫂子趁势扛起面袋夺门而逃，不顾恶狗追咬，连夜扒上运煤的货车。下车时人乌黑得与煤炭无异，当然也躲过了检查。嫂子说，她再也想不起那是陕西的啥站啥地方了。

1966年春天，甘肃农村搞起了极“左”式“社教”，我家的中农成分忽被“补划”为富农（1977年又平反），平生好强的大嫂可吃苦头了。这个最穷苦的贫农女儿、童养媳，不得不顶起“富农婆”的帽子。她经常被扭去游街，干苦活累活，半夜也不让回家。后来才有所松动。我回去过一次。让我看不懂的却是，每次游街后，嫂子扔掉绳索木牌，抹去伤痕污渍，赶紧生火做饭，还说说笑笑，像没事人一样，与城里“牛鬼蛇神”的愁苦状迥然不同。我更看不懂的是，村人并不嫌弃大嫂，每天来家问事者、聊天者、托她介绍婚姻者仍不少。我甚至觉得她这个“四类分子”威信不低。

大嫂就是这样一个伟大的女性。她对我无私的爱是我一生难忘的。是的，她只是一个微贱的农妇，但她从不胆小、怕事、忍辱、畏缩，在她的身上有一种永远打不倒的精神。这就是我特别想说出来的感受。多少年来，每当我遇到逆境，挫折，或自认受了委屈，或无端烦躁时，就会想起新阳镇，想起大嫂，会慢慢“凉”下来。我也许还会自嘲：什么级别，什么头衔，什么专家，你不就是大西北来的一个傻小子吗？

1991 年老家来信说，嫂子病重，是肺气肿；1992 年冬天，她走了。接到电报时已办完事了，我没能也无法回去。她埋在哪里，我也不知道。想不到我们之间就这样阴阳两隔了。其时，她的孩子星散各地。她一走，雷家就完全衰落了。听说我家的老院变成了空院，蒿草长得比人还高，狐兔出没，正房塌了，门楼也快倒了。据说现在这样的空院在老家不少。我曾在梦中惊醒过，回想梦中的大嫂，她还是挽着老式发髻，穿一件斜襟的青布褂子，还是一张高颧骨的脸，一双火辣辣的眼睛在闪亮，抿着倔强的嘴角。

我已很久很久没有回老家了。听说河滩地早不种高粱了，也不种小麦，而是清一色地改种杏子、苹果和葡萄，传统的农民早就转型为新式的果农了。其中“红跃杏”和“花牛苹果”是名牌，但仍然卖不上好价钱。我最喜欢的水磨坊早消失了，因为它赶不上电动磨面机先进，现代化的粮库也不需要它。至于老式的手动织布机，只能到博物馆去找它们的踪影了。渭河依然滔滔不息，却再也没有草桥、铁索土缆车和老渡船了，钢筋水泥大桥把南北变为坦途。

新阳，新阳，我真的该回去了；可真的回去，我该住在哪里?

（摘自东方出版中心《皋兰夜语》一书）

武威酒话

移高红

现在的凉州区是以前的武威城。那时候，城东边有一个酒厂，城西边也有一个酒厂。春天，东风吹起，城西边便酒香四溢。秋天，西风日渐，城东边便醉意蒙胧。

武威是河西走廊第一城，汉武帝元狩二年（前121年）置郡。几年前，我到武威参加一个婚礼，人生地不熟的，心想正好躲酒，于是告诉主人自己不胜酒力，只能喝一点儿红酒。

宾主落座，嘘寒问暖一番，一位老先生起身敬酒，走到我跟前。我刚要举杯，老先生不由分说地给我倒了满满一杯，操着方言说："你组（喝）的是红的昂，行，我也不强迫你喝掉，就子木（这么）些，你一口喝掉，我干了。”说得理直气壮，一点儿都不管我的感受。接下来，就是一杯接一杯的节奏。这次经历让我知道，在武威，红酒只有一种喝法——满斟满饮一仰脖。

武威置郡开城两千多年，是农耕民族与游牧民族往来的落脚点。从西域传来的葡萄，一千多年前就在武威扎根。有这么美味多汁的果实，武威人当然要拿来酿酒，这一酿，还酿出个奢侈品。《三国演义》里那个坑了关羽的孟达，他爹孟佗给宦官张让送了一斛凉州葡萄酒，就换了一个凉州刺史。

如今的武威褪去了往昔的繁华，但并不妨碍其造酒，更影响不了武威人喝酒。武威的饭店酒楼，每张桌子上都有一个碟子，上面满满摆着八个酒杯。当主人端着碟子走到你面前，你就知道，这简直就是酒林第一“杀器”。

作为尊贵的客人，你要先喝两杯，这叫“敬”；再喝两杯，表示对主人盛情的谢意，这叫“看”；最后两杯，和主人碰杯，共同祝愿美好的降临，这叫“碰”。“一敬二看三碰杯”，直至主人以及所有的陪客全都做完，你才有敬酒的资格。可到了那个时候，估计刀剑尚未出鞘，便已马放南山了。

这算是“文喝”，讲的是个礼数。你正摩拳擦掌准备亮剑，这时，多半会有几个凶猛的大汉跳出来说：“这样喝没意思，来来来，我们划拳。”声震如雷，来势汹汹，不由分说地将你带入他们预谋的程序。

划拳喝酒就是“武喝”了。武威人划拳讲的是个气势，拉开架势，摆好动作，沉默片刻。只听一句“到拳”，须臾之间，杀声大作，你出一招“天山折梅手”，我回敬“黯然销魂掌”，你有“二指禅”，我必“七伤拳”，你来我往，毫不相让。身姿、指法，或行云流水，或霸道威猛，看得人目瞪口呆。

我总觉得武威方言的短促坚决跟这样的练声环境有关，那口气，每句都不容置疑，霸气！

骨子里的霸气是藏不住的，不经意就会做出些霸气的事，老章就是个例子。

老章四十多岁，平日里谦虚谨慎，不善言谈，嘴角总挂着和善的笑容，瘦小的身材，整个人看起来很文弱。

一次，老章请生意上的贵客喝酒。酒席一开，老章热情满满，边说边喝，没一会儿，酒量一般的他就头昏脑涨。主座上的客人一边抽烟，一边乜斜着眼睛看着他。这时，老章端起酒杯走到客人面前，突然一把拽下对方嘴里的香烟，转手扔了出去。

客人还没回过神来，老章已从自己的口袋里掏出一根香烟，伸手塞进客人因吃惊而大张的嘴里。

老章气定神闲地做完这一连串动作，然后打着打火机，一脸恭维地笑着说：“抽这根，这根是我专门给您准备的。”

后来我听说，老章口袋里再也不装香烟了。

白酒喝多了，身子热腾腾的，豪爽的性格加上猛烈的酒，人从里到外透着大气。好多年前见过一个武威人，我至今未忘。

那次，我下午四点被人生拉硬扯地拽进一个酒局。一进门，一桌人正围坐酣战，这位仁兄面红耳赤，正在与人划拳，看样子起码八分醉了。

我虽是受胁迫到场，但也知好歹，主人家的情面不能驳。于是，忙不迭地端起酒杯敬酒。这时，那个武威老兄突然起身，端起一个放了八杯酒的碟子，递到我的面前。我一惊，来者不善啊！这时，武威老兄开口说："你别敬酒了，这个点儿你都能来，是看得起我。咱俩一人一杯喝了这酒，以后就是兄弟了。"

看着他晃晃悠悠的身影，我突然一句话也说不出来。

武威有件国宝，是雷台汉墓出土的"马踏飞燕"。这匹马面目狰狞，三蹄腾空，尾巴高翘，一只后蹄踏在一只鸟的身上。其实这只鸟不是飞燕，是龙雀。我查了一下，这龙雀来历不凡，是凤凰中最凶猛的一种，成年后展翅可蔽日月。那匹马据说是天马，可管天马的弼马温也只是个不入流的神位。我就琢磨，谁给这天马的胆子，敢在龙雀身上踏蹄？

想想它的出土地点，我恍然大悟：这马是喝大了吧。

（摘自《读者》2017 年第 10 期）

临潭而立，荡漾心之潭

北乔南人

站在一处水潭边，世界和灵魂都会荡漾。

那些体验之后的呼吸，那些自然与生命的对话，那些潜伏于灵魂深处的黑与白，在某个瞬间涌动为精神之潭。

一切是抽象、游离的，一切又是全真的具象。

在高原，尤其如此！

我说，我听见了高原阳光的声音。

你一定不信。

我，信！

我说，我们在黑暗中对视，你、我以及这个世界才是最真实的。

你可能不信。

我，信！

凡事总是有来由的。区别在于，有些事，经历过后，转身回望，才会发现“来由”。

我与高原没有约定。此前，尽情舒展想象，我再怎么着，也不会想到有一天，会走上高原，走进高原。

某一天，或者是现在，我才意识到，高原一直在我的心头。

走在高原的山路上，我们会把自己的心情和思想抛给身边的大山。然后，我们以为看到了大山的一切。其实，我们看到的不是山，而是我们自己。山的存在，在其内部。我们无法感知。

世界有多丰富，我们的心就有多丰富。说不清，是世界大，还是我们的心大。

我们的心装下了整个世界，还有世界以外的那些世界。

世界将我们揽在怀里，我们无法挣脱，心飞走了，没有肉身的相随，心是孤独的。没有心的肉身，只能是一堆肉。

我从没有在高原的漆黑中走过，因为再黑暗，我可以是自己的一盏灯。一束光。

只要你愿意，世界总会有光。

站于潭边，水里的身影，是属于我们的，还是潭的一部分？

清澈的水，越清澈，越隐藏我们的未知。以为看清一切，其实这“一切”微不足道。

高原的空寂，有时就是荒原的悲怆。

站在茫茫的草原上，可以是无限的自由，天地唯我，也可能是极度渺小，无力。

我思故我在。

其实，思不思，我们都在。

我们心中的水潭，也一直都在荡漾。

诗，是什么？诗，是最真实的我们。每个人心中都有浓浓的诗意，这是人生的原动力。

我们都在写诗，以自己的方式在写诗。逝去的岁月，未来的时光，当下的生活，都是诗。

在深夜，在清晨醒来的瞬间，我们都拥有诗性。

诗，并不神圣，就在我们的日常生活中，就在我们或庸俗或风雅的枝枝节节里。

诗，很神圣，因为没有诗，我们就没有人生，就没有活着的营养。

我们常常读不懂诗，这是对的，因为我们最难读懂的，是我们自己。

这个世界并没有秘密，因为我们就是秘密本身，就是秘密的全部。

树，从不说某个地方

枝头拥有整片苍穹

扎根的深入，通向大地的全部

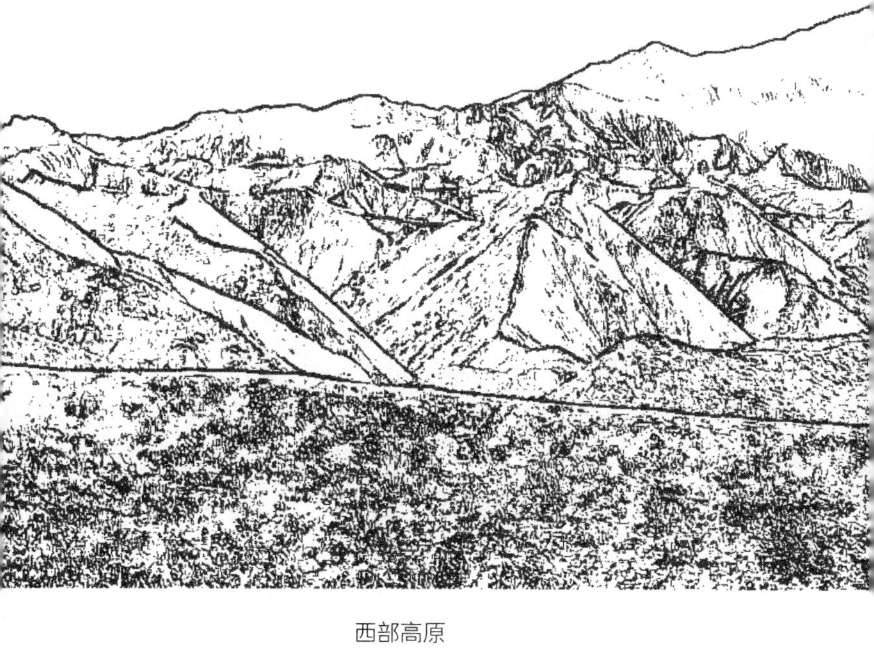

西部高原

独处，寂静

并不一定招来孤单

自己的心跳，是最美的声音

（摘自新浪博客“北乔南人”，2018 年 7 月 26 日）

甘之南，舟之曲

张 琳

1

我见过的山峰，有一座是属于我的；我见过的河流，有一条是属于我的。原谅我的贪心，活了三十年，我还割舍不下“山高水长”四个字。

这里是甘南，然而我不属于这儿；这里是舟曲，我也不属于这里。

有一种草药叫当归，它们世代居住在陇上桃花源中，味甘，性温，活命运之血，止生活之痛，当行则行，当归则归。

甘南草原

有一种鱼，叫中华裂腹鱼，喜欢在清澈的白龙江里疾速游动，让我瞬间理解了飞矢不动。其实，动与静，只是一个人的身与心，就连吴刚之斧都无法分开。

今夜，我愿意与它们义结金兰，有当空明月为证。

今夜，我不是孤独的外省诗人，秦岭山是我的良师，岷山是我的益友，白龙江一意孤行，让远方的意义像两岸的灯火一样，或明或灭，闪烁不停。

从来没有故乡，从来也没有异乡。

所有的来去，都在天空与大地之间完成。一个人，永远是远行客，从过去来，往未来去。

此时，即是此地。

我在山水之间蹲下来，整个天空跟着我，蹲了下来。

2

人间与仙境，仅有一步之隔。

向前一步，就是远方；向上一步，就是高处。

我相信，拉尕山上的神，只要开口，我们就有了完美的神话；倘若沉默，我们就有了神秘的箴言。

从人间望出去，每一棵草、每一朵云、每一滴水，都是神的家园。

我静坐在一块凸起的山石上，为万物祈祷。

有松涛涌向我的心间，我懂，这是故人的书信，一封接着一封寄到了我的旅途。我逐一展阅，奇峰、瀑布、寺庙、钟声跌宕而来。此情此景，即使是不识字的清风都感动不已。我取出生活中的痛苦与欢乐，作为回信。

我舞，山影动；我歌，云徘徊。我与拉尕山，也有相看两不厌的情缘。

为了这春意盎然的相逢，我也会热泪盈眶。

有没有一滴泪，是人生的一座山？登上去了，才会看见还有一滴泪，像远山一样苍茫。

一个藏族女孩，轻轻转动着经轮。

一个藏族老人，轻轻转动着念珠。

转身之际，山也在转，水也在转，水墨的拉尕山寨，依然分不清是在梦里，还是梦外。

3

雨落白龙江。

每一朵浪花都懂得一条江水的痛，每一缕光线都懂得疗伤。

只要轻轻抬头，安多达仓郎木寺就望见了格尔底寺。

一个人，就望见了自己。

江畔独步，油菜花香了，玉米黄了，柿子红了。

雪山、森林、草甸、石林、湖泊……守在身边，仿佛奇迹，守着平常的生活。

白龙江缓缓流淌着……

在八寨沟，“朝水”的人们正在沐浴、取水，竹径上，弥漫着岁月的云烟，高僧正在煨桑、诵经、祭祀、祈祷……

舟曲之水，可以清我心。

唯有沧桑是读不尽的，唯有荣耀是最美的读者。拱坝河、博峪河，仿佛一副天长地久的对联贴在舟曲的大地上。

我可以将龙江翻译成舟曲，我也可以将 88 级台阶翻译成思念。

献一束抹去眼泪的达玛花吧，吉祥的花瓣里，永远有蜜甜等着我们，化身小小的蜜蜂。

目送白龙江远去，在那看不见的地方，有我内心的明镜台。

4

酒曲犹如天籁。

“勒哇”妙不可言，“勒召乌”妙不可言。

我可不可以跟着他们，手捧龙碗，用拇指和无名指蘸上美酒，向着空中一弹、再弹、三弹？

风调雨顺的舟曲。

五谷丰登的舟曲。

六畜兴旺的舟曲。

时光之琴，就是这样慢慢弹；命运之琴，就是这样轻轻弹。

在水草之间，在牛羊之间，在蓝天与白云之间，在流水与浪花之间，我的心，就像一条深情的哈达，献给了舟曲的夜晚。

饮够三百杯，整座草原都会沉醉。

醉翁之意，谁又能解得其中之味?

那些闪光的露珠，微微一颤，星光落了下来。

5

每一朵花都有深深的来意，在翠峰山下，我安下心来，一一辨认着我的前世与来生。

每一缕花香，都是风中舞蹈的浪波，潮涨与潮落，如同花开花谢，如同荣辱生出了苔藓。

需要虚构一只蝴蝶，需要虚构一双无与伦比的翅膀，一只是天堂，一只是人间。唯有飞翔，才让天空变得辽阔，让大地变得辽远。

光有飞翔是不够的，还需要有星辰不朽的光辉，一点，一点，带着从不回头的时间路过群峰之巅。

就像在博峪河边，我穿着手织绣花裙，胸前挂着银盘，头上插满鲜花，看落日将霞光镀在山顶。我亲手燃起篝火，我想要的温暖与光芒，真的不多。

有一点，就足够安放我的一生。

不用说，花海，人海，只是同一片海。如果一定要有泅渡者，那一定是这些秘而不宣的光线，仿佛优雅的来访者，从高处来到了低处。

此生，就这样了。做一朵花，被世界命名。寂寞地开，孤独地落。

就像无边落木，萧萧而下。

就像成群结队的光线，因短暂的黑暗而献出自己。

（摘自“中国散文诗研究中心网”，2018 年 7 月 18 日）

舟曲那些感人的故事

王远山

2010年8月7日22时左右，甘肃省甘南藏族自治州舟曲县发生特大山洪泥石流。这是一场巨大的灾难，霎时间，无数家园被毁、亲人被埋，灾难使人们陷入痛苦的深渊……但是灾难无情人有情，在舟曲这片令人悲痛的土地上，上演着一个个感人的故事……

泥沼中，她将孩子牢牢托举8小时

她是一个伟大的母亲。灾难发生后，卧室的门开裂，她打算带儿子从窗户逃生，但倒塌的墙体堵住了去路，泥石流不断往房子里涌，无奈之下，她用右手紧紧撑起儿子的腋窝、右膝牢牢抵住儿子的屁股，将儿子的脊背靠在冰箱上。泥石流很快淹没了她的脖子，紧紧包裹住了她和儿子。她有些神志不清，是儿子的“我要爸爸……”的哭喊声惊醒了她，她用露在外面的左手一点一点拨开脖子边的石块，直到能顺畅呼吸……救援人员救出她和孩子时，已是第二天早上 8 点半。这位母亲看到儿子被救后就晕倒了，她再也坚持不住了。她在泥石流中牢牢托举儿子 8 个多小时。

她叫杨露梅，儿子 4 岁半。

生死时刻，他喊“先救我妈妈”

灾难来临，他与妈妈一同被埋。救援官兵挖出了救援洞，当时温家宝总理来到救援洞口，大声喊：“老乡，要坚持住，子弟兵正在救你们。”废墟下传来了他的声音：“总理，您放心，我能挺住。”当子弟兵爬进洞施展救援时，他说：“老师，先救我妈妈。”他还拿刀帮着救援战士砍压在妈妈身上的大梁木……经医务人员全力抢救，他的妈妈苏醒了，但他由于内脏受损严重，在妈妈苏醒前已经离开了人世。

他为了支撑着妈妈活下去，坚持到了生命的最后一刻。他说的最后一句话是：“我想回家。”

他叫张新建，只有 14 岁。

女儿，爸爸这次来晚了

他是一位警龄 18 年的民警。8 月 7 日晚，他正在距家 500 米远的单位值班，家里只有妻子和年仅 13 岁的女儿。当灾难来临时，他所做的第一件事是保护派出所户籍室的户籍档案，第二件事是救助周边被困的群众。直到 8 日早晨 9 时，他才匆忙赶回家。路上遇到的同事告诉他："你家受灾了，你老婆被送去医院了。"当他问到女儿时，对方沉默了许久才说："还在里面，你别去了。"他大声喊道："不，我一定要去，就是用手刨，我也要把女儿刨出来。"他攀爬着回到家里，女儿靠在墙角，淤泥漫过胸口，"脸上和活人一样，就是眼睛闭着"。那一刻他痛哭流涕……他拼尽全力去拉女儿的尸体，但深埋于淤泥中的尸体丝毫不动。为了不损伤女儿的尸体，他只好放弃了。他赶到医院，在医院里接受治疗的妻子满脸泪痕："女儿没有了！女儿没有了！你到哪儿去了？你到哪儿去了？"他只是流着泪。妻子说："泥石流冲进来时，我听见女儿一遍遍喊着'爸爸、爸爸'，直到喊不动了……"

他说："如果早点回去，我一定可以救她……"

他叫冯青林，今年 40 岁，舟曲县 110 巡警大队副教导员。

背水为路人解渴的小姑娘

她是一个小志愿者，灾难发生后，她和3个姐妹——12岁的王婷婷、13岁的王霞、15岁的严喜芸一起去县城对面的山谷泉眼里背水，然后到县城给过往的灾民和救援者们倒水喝。每天早晨7点多，她们就出发去背水，倒完了接着背，一直到下午7点左右收工回家。每天要背好几趟，每趟来回要40多分钟。背上10多公斤的硕大水壶似乎时刻都能压垮她那瘦小的身躯。

她叫王永霞，只有8岁，是舟曲最小的一个志愿者。

……

感人的故事很多很多。让我们铭记这些感人的故事，愿逝者能够安息，生者更加坚强！

（摘自《读者》2010年第10期）

通渭人家

贾平凹

通渭是甘肃的一个县。我去的时候正是五月，途经关中平原，到处是麦浪滚滚，成批成批的麦客从东往西撵场子，他们背着铺盖，拿着镰刀，涌聚在车站、镇街的屋檐下和地头，与雇主谈条件，讲价钱，争吵，咒骂，甚或就大打出手。环境的污染，交通的混乱，让人急迫而烦躁，却也感到收获的紧张和兴奋。一进入陇东高原，渐渐就清寂了，尤其过了会宁，车沿着苦丁河在千万个峁塬沟岭间弯来拐去，路上没有麦客，田里也没有麦子，甚至连一点绿的颜色都没有，看来，这个地区又是一个大旱年，颗粒无收了。太阳还是火辣辣地照着，风也像刚从火炉里喷出来，透过车窗玻璃，满世界里摇曳的是丝丝缕缕的白雾，搞不清是太阳下注的光线，还是从地上蒸腾的气焰，一切都变形了，开始是山，是路，是路边卷了叶子的树，再后是蹴在路边地塄上发痴的人和人正看着不远处铁道上疾驶而过的火车。

我就是这样到了通渭。

通渭缺水，这在我来之前就听说的，来到通渭，其严重的缺水程度令我瞠目结舌。我住的宾馆里没有水，服务员关照了，提了一桶水放在房间供我洗脸和冲马桶，而别的住客则跑下楼去上旱厕。小小的县城正改造着一条老街，干燥的浮土像面粉一样，脚踩下去噗噗地就钻一鞋壳。小巷里一群人拥挤着在一个水龙头下接水，似乎是有人插队，引起众怒，铝盆被踢出来咣啷啷在路道上滚。一间私人诊所里，一老头趴在桌沿上接受肌肉注射，擦了一个棉球，又擦一个棉球，大夫训道："五个棉球都擦不净?!"老头说："河里没水了嘛。"城外河里是没水了，衣服洗不成，擦澡也不能，一只鸭子从已是一片糨糊的滩上往过走，看见了盆子大的一个水潭，潭里还聚着一团蝌蚪，中间的尾巴在极快地摆动，四边的却越摆越慢，最后就不动了，鸭子伸脖子去啄，泥粘得跌倒，白鸭子变成了黄鸭子。城里城外溜达了一圈，我趄近街房屋檐下的货摊上买矿泉水喝，摊边卧着的一条狗吐了舌头呼哧呼哧不停地喘，摊主骂道："你呼哧得烦不烦!"然后就望着天问我，那一疙瘩云能不能落下雨来? 天上是有一疙瘩乌云，但飘着飘着，还没有飘过街的上空就散了。

我慢慢地回宾馆去，后悔着不该接受朋友的邀请，在这个时候来到了通渭，但是，我又一次驻脚在那个丁字路口了，因为斜对面的院门里，一个老太太正在为一个姑娘用线绞拔额上的汗毛，我知道这是在“开脸”，出嫁前必须做的工作。在这么热的天气里，她即将要做新娘了吗？姑娘开罢了脸，就站在那里梳头，那是多么长的一头黑发呀，她立在那里无法梳，便站在了凳子上，梳着梳着，一扭头，望见了我正在看她，赶忙过来把院门关了。院门的门环在晃荡着。“往这儿看！”一个声音在说，我脸唰地红起来，扭过脖子，才发现这声音并不是在说我，一个剃着光头的男人脖子上架了小儿就在我前面走。光头是一边走一边让小儿认街两边店铺门上的字，认得一个了，小儿用指头就在光头顶上写，写了一个又一个。大人问怎么不写了？小儿说：“后边有人看着我哩。”我是笑着，一直跟他们走过了西街。

这天晚上，我见到了通渭县的县长，他的后脖是酱红颜色，有着几道摺纹，脖子伸长了，摺纹就成白的。县长是天黑才从乡下检查蓄水节溉工程回来，听说我来了就又赶到宾馆。我们一见如故，自然就聊起今年的旱情，聊起通渭的状况，他几乎一直在说通渭的好话，比如通渭人的生存史就是抗旱的历史，为了保住一瓢水，他们可以花万千力气，而一旦有了一瓢水，却又能干出万千的事来。比如，干旱和交通的不便使通渭成为整个甘肃的贫困县，但通渭的民风却质朴淳厚，使你能想到陶潜的《桃花源记》。

“是吗?”我有些不以为然地冲着他笑，“管子可是说过：衣食足，知礼仪。”

“管子是不知道通渭的!”

“我也是到过许多农村，如果哪个地方民风淳厚，那个地方往往是和愚昧落后连在一起的……”

“可通渭恰恰是甘肃文化普及程度最高的县!”县长几乎有些生气了，他说明日他还要去乡下的，让我跟着他去亲眼看看，就不会说这样的话了。

我真的跟着县长去乡下了，转了一天，又转了一天。在走过的沟沟岔岔里，没有一块不是梯田的，且都是外高内低，挖着蓄水的塘，进入大的小的村庄，场畔有引水渠，巷道里有引水渠，分别通往人家门口的水窖。可以想象，天上如果下雨，雨水是不能浪费的，全然会流进地里和窖里。农民的一生，最大的业绩是在自己手里盖一院房子，而盖房子很重要的一项工程就是修水窖，于是便产生了窖工的职业。

小的水窖可以盛几十立方水，大的则容量达到数千立方，能管待一村的人与畜的全年饮用。一户人家富裕不富裕，不仅看其家里有着多少大缸装着苞谷和麦子，有多少羊和农具衣物，还要看蓄有多少水。当然，他们的生活是非常简单的，待客最豪华的仪式是杀鸡，有公鸡杀公鸡，没公鸡就杀还在下蛋的母鸡，然后烙油饼。但是，无论什么人到了门口，首先会问道：你渴了没?不管你回答是渴着或是不渴，主人已经在为你熬茶了。通渭不产茶叶，窖水也不甘甜，虽然熬茶的火盆和茶具极其精致，熬出的茶都是黑红色，糊状的，能吊出线，而且就那么半杯。这种茶立即能止渴和提起神来，既节约了水又维系了人与人之间的亲情。

我出身于乡下，这几十年里也不知走过了多少村庄，但我从未见过像通渭人的农舍收拾得这么整洁，他们的房子有砖墙瓦顶的，更多的还是泥抹的土屋，但农具放的是地方，柴草放的是地方，连挂在墙上的木橛也似乎经过了精心的设计。厨房里大都有三个瓮按程序沉淀着水，所有的碗碟洗干净了，碗口朝下错落地垒起来，灶火口也扫得干干净净。越是缺水，越是喜欢着花草树木，广大的山上即便无能力植树，自家的院子里却一定要种几棵树，栽几朵花，天天省着水去浇，一枝一叶，精心得像照看自己的儿女。我经过一个卧在半山窝的小村庄时，一抬头，一堵土院墙内高高地长着一株牡丹，虽不是花开的季节，枝叶隆起却如一个笸篮那么大。山沟人家能栽牡丹，牡丹竟长得这般高大，我惊得大呼小叫，说："这家肯定生养了漂亮女人！"敲门进去，果然女主人长得明眸皓齿，正翻来覆去在一些盆里倒换着水。我不明白这是干啥，她笑着说穷折腾哩，指着这个盆里是洗过脸洗过手的水，那个盆里是涮过锅净过碗的水，这么过滤着，把清亮的水喂牲口和洗衣服，洗过衣服了再浇牡丹的。水要这么合理利用，使我感慨不已，对着县长说："瞧呀，鞋都摆得这么整齐！"台阶上是有着七八双鞋，差不多都破得有了补丁，却大小分开摆成一溜儿。女主人倒有些不好意思了，说：图个心里干净嘛！

正是心里干净，通渭人处处表现着他们精神的高贵。你可以顿顿吃野菜喝稀汤，但家里不能没有一张饭桌，你可以出门了穿的衣裳破旧，但不能不洗不浆，你可以一个大字不识，但中堂上不能不挂字画。有好几次饭时我经过村庄的巷道，两边门口蹲着吃饭的老老少少全站起来招呼，我当然是要吃那么一个蒸熟的洋芋的，蘸着盐巴和他们说几句天气和收成，总能听到说谁家的门风好，出了孝子。我先是不解这话的意思，后来才弄清他们把能考上大学的孩子称作孝子，是说一个孩子若能考上大学就为父母省去好多熬煎，若是这孩子考不上学，父母就遭罪了。重视教育在中国许多贫困地区是共同的特点，往往最贫穷的地方升学率最高，这可以看作是人们把极力摆脱贫困的希望放在了升学上。通渭也是这样，它的高考升学率在甘肃一直名列前茅，但通渭除了重视教育外，已经扩而大之到尊重文字，以至于对书法的收藏发展到了一种难以想象的疯狂地步。在过去，各地都有焚纸炉，除了官府衙门焚化作废的公文档案外，民间有专门捡拾废纸的人，捡了废纸就集中焚烧，许多村镇还贴有“敬惜字纸”的警示标语，以为不珍惜字与纸的，便会沦为文盲，即使已经是文人学子也将退化学识。现在全县九万户人家，不敢说百分之百家里收藏书法作品，却可以肯定百分之九十五的人家墙上挂有中堂和条幅。我到过一些家境富裕的农民家，正房里，厦屋里，每面墙上悬挂了装裱得极好的书法作品，也去过那些日子苦焦的人家，什么家当都没有，墙上仍挂着字。仔细看了，有些是明清时一些国内大家的作品，相当有价值，而更多的则是通渭县现当代书家所写。县长说，通渭人爱字成风，写字也成风，仅现在成为全国书法家协会会员的人数，通渭是全省第一，而成为省书协会员的人数，在省内各县中通渭又是第一。书法有市场，书法家就多，书法家多，装裱店就多，小小县城里就有十多家，而且生意都好。我在一个只有十几户人家的小山村里，见到了其中三家挂有于右任和左宗棠的字，而一家的主人并不认字，墙上的对联竟是“玉楼宴罢醉和春，千杯饮后娇伺夜”。在另一家，一幅巨大的中堂，几乎占了半面墙壁，而且纸张发黄变脆，烟熏火燎得字已经模糊不清。我问这是谁的作品，主人说不知道，他爷爷在世时就挂在老宅里，他父亲手里重新裱糊过一次，待他重盖了新屋，又拿来挂的。我仔细地辨了落款是“靖仁”，去讨教村中老者，问靖仁是谁，老者说：靖仁呀，是前沟栓子他爷么，老汉活着的时候是小学的教书先生！把一个小学教师的字几代人挂在墙上，这令我吃惊。县长说，通渭有许多大的收藏家，那确实是不得了的宝贝，而一般人家贴挂字是不讲究什么名家不名家的，但一定得要求写字人的德行和长相，德行不高的人字写得再好，那不能挂在正堂，长相丑恶者也只能挂在偏屋，因为正堂的字前常年要摆香火的。

从乡下回到县城，许多人已经知道我来通渭了，便缠着要我为他们写字，可我怎么也想不到，来的有县上领导，也有摆杂货摊的小贩，连宾馆看守院门的老头也三番五次地来。

我越写来的人越多，邀我来的朋友见我不得安宁，就宣布谁再让写字就得掏钱，便真的有人拿了钱来买，也有人揣一个瓷碗，提一个陶罐，说是文物来换字，还有掏不出钱的，给我说好话，说得甚至要下跪，不给一个两个字就抱住门框不走，我已经写烦了，再不敢待在宾馆，去朋友家玩到半夜回来，房间门口还是站着五六个人，我说我不写字了，他们说他们坚决不向我索字，只是想看看我怎么写字。

在西安城里，书画的市场是很大的，书画却往往作为了贿品，去办升迁、调动、打官司或者贷款，我的情况就是如此，我也曾戏谑自己的字画推波助澜了腐败现象。但是在通渭，字画更多的是普通老百姓自己收藏，他们的喜爱成了风俗，甚至是一种教化和信仰。

在一个村里，县长领我去见一位老者，说老者虽不是村主任，但威望很高。六月的天是晒丝绸的，村人没有丝绸，晒的却是字画，这位老者院子里晒的字画最多，惹得好多人都去看，他家老少出来脸面犹如盆子大。我对老者说，你在村里能主持公道，是不是因为藏字画最多？他说：“连字画都没有，谁还听你说话呀？”县长就来劲了，叫嚷着他也为村人写几幅字，立即笔墨纸砚就摆开了，县长的字写得还真好，他写的是“一等人忠臣孝子，两件事读书耕田”。写毕了，问道：“怎么样？”我说：“好！”他说：“是字好还是内容好？”我说：“字好内容好通渭好。在别的地方，维系社会或许靠法律和金钱，而通渭崇尚的是耕读道德。”

县长就让我也写写，讲明是不能收钱的，我提笔写了几张，写得高兴了，竟写了我曾在华山上见到的吉祥联：太华顶上玉井莲，花开十丈藕如船。

这天下午，一场雨就哗哗地降临了。村人欢乐得如过年节，我却躺在一面土炕上睡着了，醒来，县长还在旁边鼾声如雷。

几天后，我离开了通渭，临走时县长拉着我，一边搓着我胳膊上晒得脱下的皮屑，一边说：“你来的不是好季节，又拉着你到处跑，让你受热受渴了。”我告诉他：“我来通渭正是时候！我要再来通渭，带上我那些文朋书友。他们厌恶着城市的颓废和堕落，却又不得不置身于城市里那些充满铜臭与权柄操作的艺术事业中而浮躁痛苦着，我要让他们都来一回通渭！”

（摘自《美文》2002 年第 1 期）

张掖丹霞山——色彩斑斓的诱惑

浮力旅行

那一天，我终于弥补了我好多次路过却未曾踏上过丹霞地貌的遗憾。就在那个暴雨过后的温婉黄昏时分，我来到了张掖丹霞山。只可惜的是，由于时间的关系，我还是再一次错过了暴雨过后清晨的最美时刻。

曾在一本书中看到这样描述丹霞地貌："挥泪告别了梨园口，向祁连山深处进发。山口有一层巨厚的赤色砾岩层，漫长的地质岁月雕刻出无数的艺术杰作，像人，像仙，像佛，像蘑菇，像古城堡，这简直就是一条艺术长廊。"

没错，确实如书中所说的一样。当我站在那里的时候，被震撼了。个人认为它不仅仅是一条艺术的长廊，且有众神的杰作。那绝色的七彩容颜，那神奇各异的彩丘，无以言表；当你身临其境的时候，这种呈现在眼前的景色，这个神奇的地方，以及绝色的风景与它与生俱来的容颜，让人叹为观止。但它的闻名于世宛如灰姑娘的童话故事一般。

这条艺术长廊就是今天美名远扬，造型奇特，色彩斑斓，气势磅礴的张掖丹霞地貌。在十年或者十多年前，张掖丹霞山还是一个深藏在大山深处人未知的少女，不曾想到如今它出落成倾国倾城的绝色美人，让众多游客和摄影爱好者向往，想要探其究竟。

当我进入景区到达第一个观景台的时候，眼前一亮。由于我是西北长大的孩子，我见过一些山峦和岩石，空旷与粗野的美极震撼，但我确实是第一次目睹这样色彩斑斓、五彩缤纷的艳丽。它的艳丽如同上天洒落的七彩绸缎恍惚了我的眼，又如同花式的调酒醉了我的心。此时的天空一会儿晴，一会儿阴，时而出现的光芒洒在彩丘上，壮观极了。当漂浮的云朵遮住了普度众生的阳光，稀疏的亮光透过云层折射出一束束耀眼的光芒，那种骄阳，用万丈光芒渲染着这个神奇且色彩斑斓的天堂。

随后，乘车前往第二个观景台。无奈夕阳与天公不作美，让人心中多少有点失望。不过，时而阳光还会偷偷探出头，将自己的那束光芒毫不吝啬地施舍给彩丘，让它显得那般的靓丽，那般的无与伦比。游客们都匆匆乘车前往下一个观景台，唯独我没有选择乘车，在那色彩绚丽，奇特无比，寂寥空旷的丹霞山中独自穿行。夜幕临下，踽踽独行于安静的公路边，在公路旁的小丘上走上去，走下来；望着一处阴暗、一处光明的彩丘，零距离接触的瞬间不断地按压手中的快门，就是想让它记下并定格每一个角度的景致和每一时的惊喜与发现。

慢慢前行，渐行渐远中，偶然间的回头会让人看到意想不到的美。大片的黑云像极了《西游记》中妖怪出巢时的画面，只是少了一些狂风呼啸般的席卷。不知不觉中就走到了“麻子面馆”。对于“麻子面馆”，想必看过张艺谋导演的《三枪拍案惊奇》的人都会很熟悉的。

走过这里，我已经看到了不远处观景台上满满的人在等待着最美的落日。正当我还在为赶不上落日而发愁的时候，乌黑的云再一次将那一轮圆日给遮住了。这最美的落日彻彻底底从人们的眼中消失了。就在此刻，我突然间发现身边不远处还有一滩暴雨过后积留下来的水。来来往往的游客注视着彩丘，看着天空，却忽略了身边的这滩积水。它可以映出天空，映出彩丘，映出我眼中的景。当我在拍摄那滩积水的时候，身边的一位女游客说：“人家都拍丹霞彩丘，拍云层，你拍这点水？这有什么好拍的？”我笑笑对她说：“我喜欢拍水。”便转身离去。也许在她眼中我就和某本欧洲小说里的怪人物没什么两样。但，我想说，我为什么要跟着别人的脚步去走，为什么要和他们一样呢？你无缘明白个中原因（其实我也不懂，就瞎拍玩玩），遗憾地错过了最美的

张掖丹霞地貌

日落，但我幸运地邂逅了丹霞地貌的积水。在丹霞，你可以拍出美得让人唏嘘感慨，叹为观止的日落，但你绝对不会那般幸运地邂逅一滩清水。

厚厚的云层始终都没有让阳光再次绽放。那些爬上观景台苦苦守候日落的人们个个都表情失落地走了下来，乘车离去。

此时此刻，我觉得我们都是一群看客，一群匆匆而过的看客而已罢了。有得必有失。

张掖七彩丹霞地貌真是令人疯狂的绝色诱惑。

（摘自“知乎网”，2016 年 11 月 29 日）

《三国演义》中的甘肃地名

周胜华

三国时期，中国基本实行州、郡、县三级制。甘肃境内共置凉州 1 州、12 郡、77 个县。魏、蜀、吴三国鼎立时期，北方大部分地方属魏国，西南部的部分地区属蜀国。从当时的形势来看，甘肃的大部分地方，如天水、安定、南安、陇西、祁山等地，是当时的军事重地，属兵家必争之地，特别是从小说后四十回的内容来看，这里是诸葛亮、姜维等为实现“兴复汉室、恢复中原”这一战略思想的主要战场，也是曹魏抵御蜀汉北进的前沿阵地。

凉州：原治所在陇县（今甘肃张家川），曹魏时移姑臧（今甘肃省武威市），辖金城、武威、张掖、酒泉、敦煌郡。马腾作为西凉太守于此屯兵，后来其子马超也曾长期活跃于此。

武都郡：治所在下辩道，在今甘肃成县西。诸葛亮第三次兵出祁山，攻取与蜀相连的武都、阴平两郡，以牵制魏军。

阴平郡：曹操时设立，治所在阴平（今甘肃文县西北）。诸葛亮三出祁山，攻取与蜀相连的阴平郡，以牵制魏军。但也是通往成都的一条捷径。“可引一军从阴平小路出汉中德阳亭，用奇兵径取成都。”当年邓艾偷渡阴平时，“至摩天岭，马不堪行”。就带头用毡裹住身体，从峻壁巅崖上滚下去，攻取江油，最后夺取成都。邓艾灭蜀时经过的阴平道是指从今文县穿越岷山山脉，经过四川平武、江油到成都的道路。

天水郡：治所在冀县，今甘肃甘谷县东南，东汉时曾叫汉阳郡，魏时又改为天水。其所辖的冀城、上饼、木门道是当时的军事重地。在诸葛亮第一次北伐时，计收姜维，连下南安、安定、天水三郡，兵出祁山。“却说孔明因虑姜维，自为前部，望天水郡进发。”“天水钱粮，皆在上饼；若打破上饼，则粮道自绝矣。”后诸葛亮在第四次伐魏失利而撤军汉中时，在木门道计杀魏国大将张颌。

安定郡：治所在临泾，今甘肃镇县原东北。马超起兵为父报仇，被曹操打败，逃往陇西临洮，“曹操亲自追至安定”。诸葛亮第一次北伐，计夺安定。后失利退回汉中，安定遂入魏手。

陇西郡：治所在狄道，今甘肃临洮南，魏移到襄武，即今陇西。诸葛亮六次伐魏、姜维九度北伐，多次在这里与魏军交战。马超起兵为父报仇，被曹操打败，逃往陇西临洮。“马超结好羌兵，攻拔陇西诸郡。”被凉州参军杨阜与夏侯渊杀败，陇西诸州尽皆收复，“夏侯渊自行安抚陇西诸州人民”。“遂令镇远将军岑威……去陇西搬运粮草。”“狄道、陇西、南安、祁山，四处皆是守战之地。”“维不从，遂勒兵来取狄道。”被邓艾大败而放弃狄道，退回汉中。

西城县：今甘肃天水西南，是诸葛亮第一次北伐时的屯兵处。在街亭失守后，诸葛亮在此城以一出空城计，吓退司马懿的十五万精兵。

南安：属陇西郡，在诸葛亮第一次北伐时，计取南安，“乃留吴懿守南安”。在姜维第二次伐魏时，欲先攻取南安，和司马昭战于铁笼山，射杀郭淮，在姜维第三次伐魏时，攻打洮西南安，带兵至洮水，背水作战，大胜魏军，后攻狄道失利而退回汉中。

上方谷：在陇西东南，是一个“形如葫芦之状”的山谷，又叫“葫芦谷”。诸葛亮第六次兵出祁山，在这里制造“木牛流马”，运送粮草，并设计火烧上方谷，大败司马懿。

枹罕：今甘肃临夏，在姜维第三次伐魏时，欲攻打洮西南安，带兵先出枹罕，至洮水，背水作战，大胜魏军。

街亭：属天水郡，在今甘肃秦安东北陇城乡，是由长安到天水的唯一一条较为坦荡的路径，是进可攻、退可守的军事要冲。诸葛亮第一次出师祁山，派马谡驻守街亭，因马谡不听王平劝谏，在山上下寨，被魏将张颌大败，街亭失守，迫使诸葛亮率军退回汉中，第一次伐魏失利。马谡也因此被诸葛亮挥泪斩杀。

沓中：属陇西郡，在今甘肃舟曲以西、岷县南部，是姜维屯兵之处。“陇西有一去处，名曰沓中。”“维自引兵八万，来沓中种麦，以为久计。”在邓艾、钟会伐蜀时，姜维带沓中之兵拒敌，兵败退守剑阁。

祁山：在甘肃礼县东北。“祁山乃长安之首也：陇西诸郡，倘有兵来，必经由此地；更兼前临渭滨，后靠斜谷，左出右入，可以伏兵，乃用武之地。”所以是魏蜀相争的军事要冲。在建兴五年三月，诸葛亮第一次北伐，在夺取天水、安定和南安三郡后，“尽提汉中之兵，前出祁山，兵临渭水之西”。在建兴六年九月，诸葛亮第二次北伐，在祁山下寨。“孔明在祁山寨中，每日令人挑战”，计斩王双。后又出祁山，大破魏军，夺取武都、阴平二郡。诸葛亮第四次出师祁山北伐，先气死曹真，后与司马懿斗阵，大败曹兵。在建兴九年二月，诸葛亮第五次出师北伐，兵至祁山，设计尽割陇上小麦。因李严谎称东吴将攻打蜀国，使诸葛亮班师回川。在建兴十二年二月，诸葛亮六出祁山，在北原、上方谷大败司马懿，并在祁山与“魏民相杂种田”。姜维第四次伐魏时，兵出祁山攻取南安、上饼，被邓艾大败而退回汉中。蜀汉景耀元年冬，姜维第七次出师伐魏，杀败邓艾，尽夺曹军祁山九寨。后因后主听信谣言，发诏使姜维班师回川，祁山又落邓艾之手。姜维最后两次兵出祁山，也均无功而返。

（摘自《读者》2012 年第 8 期）

一碗面 40 年的传承蜕变

徐倩影

食之篇

曾几何时，吃一碗兰州牛肉面，是一件很奢侈的事，现如今，牛肉面已经跻身大众快餐消费行列，有了更大的市场前景。40 年来，兰州牛肉面就从一种单纯的小吃，蜕变成兰州餐饮产业中举足轻重的品牌，也成为兰州的一张名片。正是一代又一代传承人的坚持，兰州牛肉面正在从家庭作坊向标准化、品牌化、规模化、国际化迈进，借助改革开放的东风和“一带一路”建设，每一位兰州人对于牛肉面最大的感触，就是日新月异的改变。马学明、马有布、马汀三位牛肉面从业者，见证了兰州牛肉面 40 年的发展历程。

传承：对于一碗面的执着

兰州人的一天，是从一碗牛肉面开始。地处西北，多民族、多文化的融合，为美食创新提供了天然机会。

“师傅，二细，辣子多些，面大些……”兰州人的地方语言中，蕴含着极其丰富的地方饮食习惯，简单的几个字，凸显了牛肉面食客与拉面师傅之间无比熟悉的关系。

“不知道为什么，这么多年过去了，总觉得当年的牛肉面特好吃，一个大碗只需要 1 毛多钱和 3 两粮票，当年我也是偶尔能和父亲吃一碗。一般家庭都吃不起，家里兄弟姐妹多，父母的粮票都是掰着手指用。不怕笑话，那时想吃的时候，就和朋友们跑去闻闻味儿……”62 岁的王国伟拿着当年的粮票说，这碗地道的牛肉面不光保存在味蕾里，更承载着一代人的回忆。

1964 年，15 岁的马学明进入兰州饮食公司中央广场饭馆当学徒。他说，当年一个月的工资是 18 元，扣除 9 元的伙食费，能拿到手的没多少，学习牛肉面制作这一门手艺，就是为了养家糊口。门口“甘肃特色”的小牌匾他至今记忆犹新，他和当年的同事，谁都不会想到，牛肉面会成为甘肃名副其实的特色之一，走向世界。

制作牛肉面，每一道工序都是纯手工的，对于传统制作工艺的执念，是时代赋予手工匠人的特质。马学明说，牛肉面汤的清与浊是检验调汤师傅的功夫。传承至今的，除了牛肉面人的手艺，还有手艺人对食物本质的执着追求。

《舌尖上的中国》描述了一碗绝佳的牛肉面必备要素：汤汁清爽、萝卜白净、辣油红艳、香菜翠绿、面条黄亮。一碗面，遵从的是食物本身对人味觉的触动。

发展：改革开放给牛肉面增添活力

20 世纪 80 年代，马有布在兰州房管局工作。那个时代，年轻人有一份稳定的工作，特别令人羡慕。改革开放的第二年，他父亲重操旧业，在铁路局自由市场支起摊，卖起了牛肉面和糖油糕等。

当时，这个小摊一个月的营业额达到 1000 元左右，马有布一个月在单位的工资是 50 多元。他看到了市场经济带来的收入改变。

躁动不安又令人兴奋的 20 世纪 80 年代，造就了一代人的巨变。1983 年，改革开放的第五个年头，29 岁的马有布不顾家人反对，辞职“下海”，不算第一波下海经商的人，却算得上是豁出去的人。把家里的楼房换成沿街平房，启动资金 900 元，开了第一家马有布牛肉面，店面不到 15 平方米。

开门迎客，自己采购、煮肉、调汤，每天 5 点多就开始工作，一直忙到晚上关门睡觉。马有布说，晚上，女员工和他妻子住一间房，男师傅和自己睡在店里，员工和老板没什么区别。想赚钱，就得埋头苦干。

后来，赶上了城市大建设，店面也从 15 平方米扩大到 60 多平方米。马有布回忆说："应该是 1991 年，晚报当时刊登了一篇关于我和我店铺的新闻，标题记不清了，意思是一个品牌一直停留在家庭式的作坊，能发展吗？这个报道点醒了我。从那时候起，我开始思考牛肉面未来的发展方向。"

1992 年，马有布牛肉面被评为"中华老字号"。他重新装修了店面，桌子换了，板凳也换了，连醋壶都改进了，提升店铺整体档次。当时在兰州，环境好的牛肉面馆为数不多，他家算其中之一。当年兰州电视台与中央电视台合拍的《牛肉面的故事》就是在他店里拍的。作为改革开放后的第一代创业人，他们真是"摸着石头过河"的。2000 年之后，马有布牛肉面进入品牌发展时期，他逐步有了品牌概念，有了连锁经营模式。

马有布说，牛肉面的发展得益于改革开放，时代给了他们机会和条件。曾经，一碗能填饱肚子的面，随着商品经济发展的继往开来，已经形成了全新的经济体系。10 年前，马有布将这份家业交给儿子，他说进入新的时代，应该由新一代人来发展。事实证明，牛肉面产业的发展需要注入更多的新元素，也需要新一代人的新经营思路。

创新：他们给牛肉面注入个性元素

马汀，1977 年出生，成长在牛肉面制作的传统家庭中，生活在中国经济发展最快的时代。

对牛肉面的制作流程，他从小耳濡目染，24 岁正式学习牛肉面手艺，作为中华老字号马子禄牛肉面的第三代传承人，扛着继承与发展的责任。

2008 年，马汀接手马子禄牛肉面。当时，牛肉面市场的竞争日益激烈，对他而言，如果停滞不前，老字号也同样面临经营困局。百年老字号招牌背后是祖父和父亲的一生心血，作为品牌的灵魂，传统的制作工艺不能丢。

“只有品牌走得更远，马子禄牛肉面手艺才能继续传承下去。”两年后，马子禄开了第一家加盟店。现在，马子禄已在东京、北京、天津、青岛、西安、西宁等地拥有 30 多家加盟店。

近 10 年来，兰州牛肉面进入了加速度的发展时期，店内装修推陈出新，加入个性化的元素，一改过去的桌椅板凳，加入时尚元素，壁纸代替了白墙，从门头招牌到店内软装，每一件物件都是经营者对牛肉面文化的诠释。这些完全打破了牛肉面小作坊的生产模式，大大提升了马子禄牛肉面的档次，干净、敞亮的就餐环境，让每一位食客在就餐时愉悦享受食物。

马子禄牛肉面的店内，曾经有一块题写于 1992 年的牌匾，上面写着“金城一绝马子禄牛肉面”，被堆放在仓库的角落里。

在门店装修时，马汀说，一定要挂起来，这是时代的见证，是品牌背后的历史文化。于是，这几年牛肉面馆无论怎么装修，这块匾都一直挂在店里。

近两年，支付方式的转变，牛肉面也没有落在后面，收银台上贴上了支付宝、微信的二维码。经营者们紧跟着时代的脚步，只要顾客需要，他们都会尽量满足。

2017 年 8 月，马子禄牛肉面在日本东京都千代田区神田神保町开业，迈出了打开国外市场的第一步。牛肉面能走出去，除了经营者思路的改变，更得益于改革开放。以前不是没想过走出去，而是制约因素太多，比如原材料运输速度慢、成本高，无法保证传统制作工艺。现在从兰州到日本，物流只需要三五天。

除了马子禄，近年来，安泊尔、阿拉兰、宝升福、东方宫、顶乐、金味德等牛肉面企业在美国、加拿大、法国、日本、韩国、马来西亚、澳大利亚、新西兰等国家开店 130 余家。

改革开放 40 年，每一位兰州人都是时代变化的亲历者，牛肉面陪伴着我们成长，我们也见证着牛肉面的发展。关于牛肉面的记忆，对兰州人来说，太丰富了，因为这碗面已经成为兰州人生活中不可缺少的一部分，无论你走到哪里，只要一看到兰州牛肉面，就能想到故乡——兰州。

（摘自《兰州晚报》2018 年 6 月 29 日）

长 城

吴伯箫

真惭愧，我还没有见过长城。

记得六年故都生活，我曾划过北海的船，看那里的白塔与荷花；陶然亭赏过秋天的芦荻，冬天的皓雪；天桥，听云里飞，人丛里瞧踢毽子的，说相声的；故宫与天坛，我赞叹过它的壮丽和雄伟；走过长长的西长安街，与挤满了旧书及古董的厂甸；西郊赶过正月十五白云观的庙会，也趁三月春好游过慈禧用海军费建造的颐和园，那里万寿山下有昆明湖，湖畔有铜牛骄蹇，东郊南郊都做过漫游，即无名胜，近畿小馆里也可以喝茶，吃满汉饽饽。还有走走就到的东安市场，更是闲下来的大好地方。可是，

万里长城

六年里，西山温泉我都去过，记得就没去什刹海。为此，离开了故都曾被人嫌弃说“太陋”。说：“什刹海都没逛过，还配称什么老北京！”当时真也闭口无言。有一年发狠，凑巧有缘重返旧京，记得还没有进旅馆的门就雇好了去什刹海的车子。夏天，正赶上那里热闹：地摊子戏，搭台的茶座，直挨着访问了个足够。印象仿佛并不好，心头重负却卸去了。记得第二天，才有空去文津街，进国家图书馆。

现在想：什刹海不见算什么呢？没去看长城才是遗憾！啊，万里长城！去北京只不过几个钟头的火车。

万里长城，孩提时的脑子里就早已印上它伟大的影子了。读中国古代史，知道战国时候，魏惠王、燕昭王、胡服变俗的赵武灵王，都曾段落地筑过长城，来卫国御胡；秦始皇遣蒙恬斥逐匈奴之后，又因地形，制险塞，从临洮至辽东将长城来了个联络的修筑，广袤万余里；工程的浩大，那不是隋朝的运河，非洲的苏伊朗士所能比拟的。秦始皇焚书坑儒，建阿房，销兵器，千百年来在人们的脑子里留下的是一个暴君的影子。独独万里长城至今亮在祖国人民的心里，矗立在祖国连绵的山上，成为四千余年文明古国的标志。这不是因为万里长城是秦始皇的什么丰功伟绩，而是因为它是几千万古代劳动人民血肉的结晶！

曩昔，在万年书屋，听主人告诉：有一次趁京绥车，过南口车站，意欲去青龙桥，偶尔站台小立，顺了一目荒旷的山麓望去，遥瞻依地拨天的万里长城，那雄伟的气象，使你不觉要引吭高呼。嵯峨的山巅上是蜿蜒千回的城墙，是碉堡，是再上去穹窿似的苍天。山下是乱石，是谷壑，是秋后的蔓草婆娑。西风刷过，那一脉萧萧声响，凄凉里含了悲壮，令人巍然独立，觉得这世间只有自己，却又忘怀了自己。很记得，主人说时，从沙发椅上跳起来，竖起大拇指，蔼然的脸上满罩了青年的光辉。记得从万年书屋出来的归途，披了皎洁的三五月，自己迈的是鸵鸟般的大步。

又一回，一个青年画家朋友，谈到自己绘画的进步，说几乎像英国拜伦一觉醒来成了桂冠诗人一样，是逛了一次长城，才将笔法放开，心胸也跟着宽阔了的。那谈吐的神情，也简直令人疑惑他生生吞下了一座长城的关口。是呢，听说太史公司马迁周览了名山大川，文章才满蕴了磅礴的奇气。江南风物假若可以赋人以清秀的姿容，艳丽的才藻，塞北的山峦与旷野是会给人以结实的体魄，雄厚的灵魂的。啊，长城！

从山海关一路数去，你知道么？像喜峰口、古北口，像居庸关、雁门关，一个个中原的屏藩要塞，上口真要有霹雳般的响亮呢。一夫当关，万夫莫敌，守得住一处，就可保得几千里疆域。啊，真愿意挨门趋访，去问问古迹，温温古名将的手泽，从把守关口的老门丁和城下淳朴的住户那里，听取一点孟姜女的传说，金兀术与忽必烈的史实。但是我还没去！

朋友，你可想过，在长城北边，那黄河九曲惟富一套的地方，带一帮茁壮的男女，去组织一处村落，疏浚纵横支渠，灌溉田亩，作一番辟草莱斩荆棘的开垦事业么？那里地土最肥，人烟还稀。你可想过，在兴安岭的东南阴山山脉的南部那一抹平坦的原野，去借滦河、饮马图河的流水，春夏来丰茂的牧草，来编柳为棚，垒土为壁，于“马圈子”里剔羊毛，养骆驼，榨牛奶么？那工作顶自由，顶洒脱。不然，骑马去吧！古北口的马匹有名哩。凑煦日当头，在平沙无垠的原野里，你尽可纵身于野马群中，跨上一匹为首的骏骥，其余的会跟你呼啸而至的。不要怕那噱噱嘶声，那不是示威，那是迎迓的狂欢，你就放胆驰骋奔腾吧，管许将你满怀抑郁吹向天去。“毡幕绕牛羊，敲冰饮酪浆”，那边塞寒冬霏雪凝冰时的生活，你也想尝尝么？住蒙古包，烤全羊，是有它的滋味的。汉王昭君曾戎装乘马抱琵琶出塞而去；文姬归汉，也曾惹得胡人思慕，卷芦叶为吹笳，奏哀怨的十八拍。巾帼中有此矫健，难道你堂堂须眉就只知缩了尾巴向后退么？

唉，说什么，朋友，我还是没见过长城！在恨着自己，不能像大鹏鸟插翅飞去；在恨着自己；摆不脱蜗牛似的蹊径，和周身无名的链索。投笔从戎倒好，可惜没有班仲升的韬略。景慕张骞，景慕马援，但又无由出使西域，去马革裹尸。奈何！唸，“匈奴未灭，何以家为！”汉骠骑将军霍去病那才算有骨头！无怪他六出伐匈奴，卒得威震异域。

我还没见过长城！但是，长城我是终于要见见的！有朝一日，我们弟兄从梦中醒了，弹一弹身上的懒惰，振一振头脑里的懵懂，预备好，整装出发，我将出马兰峪，去东北的承德，赤峰；出杀虎口，去归绥，百灵庙；从酒泉过嘉峪关，去安西、哈密、吐鲁番。也想，翻回来，再过过天下第一关，去拜拜盛京，问候问候那依旧的中国百姓！

长城，登临睚遥，愿尔为祖国屏障，壮起胆来！

（摘自“散文在线网”，2009 年 7 月 23 日）

乡　关

林　野

村　居

陇中的农家，修筑院落多是要四面围墙的，然后留有门。围墙主要是防盗、防兽和挡风。近些年，黄土塬上的树林少了、远了，狼几无踪影，只有鬼精的狐狸不时在夜半把谁家的鸡、兔偷偷叼走。由于人家越居越多，越居越稠，这种故事轻易不会发生。因此，院墙的功用渐渐变弱。但大多数人家还是喜欢围墙，爱封闭起来，自然是一种传统的生活方式，庄户人就喜欢这样住着。

黄土高原，最多的便是山。山里人种着山，吃着山，走着山，就连居家也靠山望山。大多数村居坐落在山的南坡，避风又可多晒些太阳。他们先是在山坡选好位置，直挖下去，再把土往前顺推，便有了一块平地。夯实之后，砌墙建房，构筑庭院。

靠山的崖面上，必然会挖出几眼窑来，要多深有多深，用土坯砌了敞着的窑口，留一门一窗一个气眼。既可堆粮放米，安置零七碎八的物什，也可住人。窑洞里冬暖夏凉，真是山里人歇息的好去处。窑门边总会挂着几串红辣椒或几棒留种的玉米，任季节的风吹着，渐渐干去。

这里农家的房子几乎全是常说的“半边盖”，当地人称“一坡水”，屋檐都向院中央低倾，檐与檐并首，像凝聚着一种力量。但客房总要比其他屋子高出些许，有显尊之意。那古朴、淡雅的青砖黛瓦，把这些土木结构的建筑精心装扮一番后，顿使山地平添景致。

无论是窑洞还是房子，窗户都做成木格式样，家家相似，家家又有不同。窄窄的小木条，横折竖斜，编排成一个个令人眼花缭乱的图案。在里侧糊上白纸，贴几样剪花，拙中有巧，巧里带拙，活脱脱的生存情趣。窗户自然不能糊死，需给屋里屋外通亮，便用剪刀或燃着的香头在适当的地方捅出梅花形的圆孔、方孔。有心细人，不知道从哪儿弄来一小块玻璃，镶在下边缘处。不出门甚至不下炕，便可看到屋子外面的物事。

庄院的周围，总要有一些小小的园子或一溜烟树，也少不了

陇中窑洞

家禽家畜的居处：猪圈、羊圈、牛马圈、狗窝、鸡棚……这些动物，就生生死死地厮守、伴随着农家的一个个日子。有乡俚说，农村人有三样宝：鸡叫狗咬娃娃吵。看来，这打鸣和生蛋的鸡，这守门的狗，以及哭喊嬉笑声中渐渐长大的孩子，多年来便是陇中村居的基调。

拣个黄昏时分，站在山峁上远远看去，那些高高低低的院落像盘面上的棋子，各有各的位置。缕缕淡蓝色的炊烟，从不同的烟囱里悠悠地升起，沿沟沟洼洼山山梁梁漫散开来，又徐徐融为一体，在生长庄稼的土地上飘绕着，依恋着。偶尔有几声鸡鸣或犬吠，时断时续透过烟幔传来，这山塬就不会太寂寞。

陇中的秦腔

说来也逗，陇上人家，偏听不惯陇剧，也不爱搭理京戏，却死喜欢秦腔。无论大人娃娃，都能差词跑调哼上几句。有的扛着锄头从田里往家走时唱，有的赶着羊群和太阳一起爬着山梁梁唱，有的一边给牲灵添倒着草料一边唱，有的一手扶着木犁一手扬着鞭子吆喝一声耕牛拉几句唱词……屋里，院里，沟里，洼里，房上，树上，墙上，草垛上，河畔畔上，山嘴嘴上，哪里有人，哪里就有秦腔。

一种唱腔跟了地方，还挺有道理，这西北的山形地貌就像洋芋疙瘩，凸凹不平，站在高处看了，远阔粗犷，博大深沉，苍茫无际。有人便说，一嗓子秦腔吼出来，活活是水沟里滚碌碡，有看有响，偏唱词随意短短长长，就仿佛粗枝大叶由着性子生长的山树，你又不得不服气，犁垄里的庄稼一样狂张的秦腔，精工做了，便是能端上桌面的好吃喝。

乡里人唱戏随便，看戏也随便，自家人演，自家人看，自然不用卖票买票。戏台子多是临时拼凑，找一个地势稍高的平台，栽桩、搭架，捂上大篷布，吊几盏马灯、清油碗灯就行。哪地有戏，不用通知，消息像自己长着飞毛腿，比广播电台的新闻传得还要快，四村八邻的都知道。你看那拎小板凳的、骑自行车的、抱娃娃的、扶老太太的，三个一簇，五个一堆，有说有笑像赶集一样朝戏台子拢去。戏不开演，台下便嘈嘈杂杂乱成一锅粥。攀亲的、访朋的、问友的、嗑瓜子的、嚼糖果的……一张嘴也不闲着。

冷不丁一声家什响了，大幕拉开，台下便自觉地安静下来，一双双眼睛直愣愣盯着台上，看鼓点催出个什么人物。乡里戏班子的陈设简简单单，但二胡、板胡断不能少，少了就真没戏唱。不一会儿，文官武将依序亮相。踩靴，握翎，抖袍，甩袖，整带，捉襟，亮掌，正帽，理须，幕后一调板，便“啊啊嗬嗬，咿咿呀呀”地唱将起来。

乡里人大都爱看熟戏，说熟戏有看头，唱词唱腔听上十遍八遍，像碾场一样才过瘾。戏迷们一听那调子喉咙就痒痒，又不敢出声，急得一面在鼻子里哼哼，一面随台上的节拍敲打着屁股下面的板凳腿。《铡美案》不知道看过多少遍，还是要撵去看。看一遍，骂一通陈世美。陈世美要是纸糊的，早骂出窟窿来了。骂着骂着，必然要扯上村里负了心的某某男人。

热肠、厚道、富于怜悯和同情心的乡里人，兴许是过惯了艰涩日子，生爱看《卷席筒》《窦娥冤》这些苦戏。戏唱到苦处，便会引出各人的心事。往往是台上哭，台下也有人哭，好像台上台下是同一出戏。

这戏也能唱出笑话来：那“头戴黑来身穿黑，浑身上下一锭墨”的包青天从幕后走出，去陈州放粮路上忘了带胡子，台下人笑，他意识到了，但不笑，一本正经地唱道：“陈州放粮胡子掉，王朝马汉去寻找。”随后的两位倒也机灵，打一个诺儿，转身去了幕后，拿出胡子来，有板有眼地说：“禀相爷，胡子找到。”谁知这位包拯随口而语：“戴球子上。”台下哄然大笑，戏却唱了下去。

看秦腔，多半是听秦腔。看时，看姿势、看动作、看脸谱、看戏衣、看情节；听时，听腔、听调、听词、听锣鼓一应家什、听韵味。又看又听，方能感受其滋润处。外地人便打诨：北京人是抡圆了侃，西北人是扯开了唱。据说有个京城来的大官，被邀为嘉宾看一秦剧团演出，看到半道，不停地拿出手帕擦额头上的汗，陪同的地方要员问他是不是身体不舒服，他说：“不是，是戏看得吃力。”幸亏看的是大剧团的演出，倘若是乡里的戏，非开救护车来不可。

你说这剧种不好吧，偏就有不少人爱看爱听也爱唱。这几年，港台的流行歌曲无孔不入，弥漫国土，可硬是冲不垮黄土高原上这股传统神韵。

（摘自《中国作家》2003 年第 17 期）

一生的守候：我的父亲常书鸿和他的敦煌情缘

常嘉煌　李　菁

塞纳河边的“邂逅”

父亲与敦煌的结缘，源于1935年在塞纳河边的一次“邂逅”。

那一天，父亲从罗浮宫出来，按照多年在巴黎散步的习惯，顺便溜达到塞纳河边的旧书摊。在美术图片部，他不经意发现了一套由6本小册子装订而成的《敦煌图录》。

这套《敦煌图录》是1907年伯希和从敦煌石窟中拍摄来的。以前在罗浮宫，父亲总是为西方绘画中的人物惊叹不已，这是他第一次认识到，来自故乡的艺术同样生动有力。父亲被深深地震撼了，他站在旧书摊前一直看到暮霭时分。书摊主人告诉他，还有许多彩色的敦煌绢画资料，就在不远的吉美博物馆。

第二天一大早，父亲就赶到吉美博物馆。那里展览着伯希和1907年前后从敦煌盗来的大量唐代大幅绢画。其中最精彩的，是7世纪敦煌的佛教信徒们捐献给敦煌寺院的《父母恩重经》，早于文艺复兴时期意大利佛罗伦萨画派鼻祖乔托700年，早于油画创始者佛拉蒙学派的大师梵爱克800年，早于法国学院派祖师波森1000年。父亲第一次意识到，拿早期的西洋艺术与敦煌石窟艺术相比，无论在时代上还是在艺术表现技术上，敦煌艺术更显出先进性。

父亲后来曾经说："我是一个倾倒在西洋文化面前，而且曾非常自豪地以蒙巴拿斯的画家自居，言必称希腊、罗马的人，现在面对祖国如此悠久灿烂的文化历史，自责数典忘祖，真是惭愧至极，不知如何忏悔才是！"

敦煌的召唤

父亲那时已是在法国取得桂冠的东方画家，完全可以在法国过一种舒适而优裕的生活。但站在这些来自祖国的艺术瑰宝前，父亲仿佛一下子找到了终生创作的源泉，内心深处有一个声音在召唤着他回祖国、去敦煌。

1936 年，父亲终于坐在了返回祖国的火车上。但因那时西北政局不稳定，他只好先在北平国立艺专教书。

1937 年 7 月 7 日，北平城内大乱，国立北平艺术专科学校奉命南迁，他和学校、画界的同仁们决定一起南下。

父亲一路从北平逃难到武汉、长沙、贵阳，直到重庆。父亲在长沙和贵阳都遭遇了日机轰炸，他的全部财产和作品成了灰烬。

1942 年，时任监察院院长的于右任极力推动对敦煌文物的研究和保护，在他提议下，政府成立了敦煌艺术研究所，父亲被推选为筹委会副主任。

1942 年冬，父亲只身离开重庆赶赴兰州，在那里招兵买马，召集了 5 个人。1943 年 2 月，他们一行 6 人像中世纪的苦行僧一样，向着心中的艺术圣地敦煌出发。

守护敦煌

父亲在到达敦煌的当天，就顾不上休息，对敦煌做了初次巡视。在名震世界的藏经洞前，他百感交集。父亲晚年常对我说，那时，他面前满目疮痍的敦煌和在巴黎邂逅的敦煌截然不同，失望之余，他又在心里默默地说："我既然来了，就要保护你。"

生活虽然艰辛，但洞窟编号、内容调查、美术临摹却都在紧张进行中。因洞中幽暗，没有照明器材，他们临摹壁画时就在小凳上工作，一手举小油灯，一手执笔，照一下，画一笔。临摹窟顶画时，头和身子几乎成了直角，时间一长，就会头昏脑涨甚至恶心呕吐。为了搞清画中内容，父亲强迫自己学经文，然后在洞窟中面壁琢磨，一一对照。就这样，到 1948 年，父亲带领研究所完成了《历代壁画代表作品选》等十几个专题，共临摹画 800 多幅，为敦煌资料的调查、积累打下了坚实基础。

当时没有人力，缺乏经费，他们要自己搭脚手架，修简易栈道。进洞子要连爬带跳，从危栏断桥上匍匐前进。有一次，父亲和另两个同事到莫高窟最高层第 196 窟时，梯子倒了，他们被困在洞中，上不着顶下不着地。父亲本想从崖头爬上山顶，但站立不稳，差一点摔下去。手中的记录卡片飘飘荡荡落到了崖下，像一大片上下翻飞的蝴蝶。幸好有同伴到山下拿了绳子来，从山顶吊下去，才一个一个地把他们都拉到了山顶。

1943 年，张大千离开莫高窟时，半开玩笑地对父亲说："我们先走了，而你却要在这里无穷无尽地研究保管下去，这是一个'无期徒刑'啊！"

抗战胜利后，思乡心切的同事们纷纷回了故乡，研究所只剩下父亲和两个工人。父亲觉得，越在这时研究所越不能撤，人一离开，此前所付出的诸多努力将彻底付之东流。1946 年，由于政府经费断绝，父亲返回了重庆。他一边奔走于各个部门为保护敦煌游说，一边再次为敦煌招兵买马。父亲还在上海《大公报》上发表了《从敦煌近事说到千佛洞的危机》一文，向国人展示敦煌艺术，也呼吁社会各界人士对保护敦煌宝库的工作给予支持。

夜夜敦煌入梦来

1948 年在南京、上海举行敦煌艺术品展览时，父亲将所有的临摹品都寄到南京展出。之后因内乱，那些作品寄存在上海的姨妈家。

1949 年，国民党教育部部长朱家骅手谕令父亲把东西运到台湾，并让父亲跟他一起走。父亲却毫不犹豫地立即把画分送到亲戚家，人立即返回了敦煌。中华人民共和国成立后，父亲又把那些珍贵的临摹品运回研究所。这是因为父亲在此之前接触过共产党，他对共产党并不恐惧。更重要的是，父亲早已把自己的命运和敦煌联系在一起，离开敦煌，便等于放弃他的生命。

1950 年，我在敦煌皇庆寺过去喇嘛住的禅房出生，父母为我取名“嘉煌”，但 3 岁时便被父母先后寄养在北京的外祖父家、上海的姨妈家和杭州的大伯家。因为父亲不在身边，我在学校经常受欺负。一次我很伤心地问老师：“小朋友们都欺负我，是不是因为我是敦煌人?”老师说：“你不能这么想，你父母在敦煌做很伟大的事业!”

1968 年，中苏关系非常紧张。研究所离中蒙边境线只有几百公里，于是不断疏散人员，父亲也给内地的朋友写信向他们“托孤”。父亲一边写一边问我：“孩子，看过《冰海沉船》吗?”我说："看过。"父亲又说："如果有一天敌军打了过来，我就要像那位船长一样，和敦煌一起毁灭。"这句话深深地烙在我心里，让我意识到，敦煌对于父亲如同生命般重要。

"文化大革命"一开始，"敦煌"这个名词已经成了我们家痛苦和悲伤的根源。

即使在那个最冷酷的年代，父亲也曾感受过来自敦煌普通人民的爱。1968 年的深秋，父亲被命令看守果园。一天，他正在午睡，蒙眬中看见有个人跪在他面前，一个老农民两手捧着两个拳头大的西瓜说："我从乡里走来，你是敦煌的恩人，虽然现在被打倒，但是我们老百姓忘不了你。"父亲含泪跪着接受了这个老农民在炎热的戈壁步行 30 里带来的两个西瓜。

后来韩素音访华，向周总理提出要见父亲，父母因此被释放。1979 年，父亲重新领导研究所。

1981 年，邓小平到敦煌视察，他和父亲同岁，当他得知父亲当时仍处在不利的环境中时说："我们不缺这个所长，常书鸿是我们国家的国宝，请他到北京去吧。"1982 年，根据邓小平的安排，父亲被调到北京，任国家文物局副局长。

但父亲的心一直在敦煌。离开了敦煌就等于把他的生命之根拔掉了，他内心十分苦闷，给别人写信都称自己"客寓京华"。父亲在家中挂了好几个铃铛，微风一吹，叮叮当当，他就感觉自己又像是回到了敦煌，在莫高窟聆听大佛殿的风铃声。他无数次写过这样的话："夜夜敦煌入梦来……"

敦煌藏经洞

1994年，90岁的父亲躺在病榻上，我俯身对父亲说："爸爸，嘉煌去敦煌！"因为气管被切开，父亲已经不能讲话。他只是盯着我看，眼泪顺着眼角缓缓流下……

父亲去世的一瞬间，在场的人都哭了。我觉得，在走向天国的父亲面前我不应该痛苦，因为我分明感到我已经接过了父亲传给我的接力棒。只是在以后的12年中，我没有想到，这个接力棒是那么沉重，这条传承之路是那么漫长。9年后，母亲去世前，我对母亲说："嘉煌不会离开敦煌。"

父亲去世后，骨灰安置在八宝山革命公墓。第二年，母亲和家人按照父亲生前"死了也要厮守敦煌"的遗愿，将其中部分骨灰埋在莫高窟旧居院内父亲种植的两棵梨树中间，他的墓碑正对着莫高窟大佛殿。墓碑上，刻着赵朴初送他的5个字："敦煌守护神"。这正是他的毕生写照。

（摘自《三联生活周刊》2007年第12期）

失去的与得到的

巩琳萌

1948 年，父亲黎离尘专门赶到兰州，想接黎秀芳和家人一起迁往台湾。

但是黎秀芳拒绝了。她说：“作为女儿，我很想跟您走。但是作为校长，学生需要我；作为护士，病人需要我；作为护理部主任，医院需要我。我不能走。”

父亲一个人踏上了飞机，留给黎秀芳的是一个哀伤的背影。

31 岁的黎秀芳泣不成声。她没有想到，这个背影，竟会成为她对父亲记忆的最后片断。

从此以后漫长的三十多年时间里，黎秀芳和家人失去了联系，独自一人在西北高原开辟着她的护理事业。

三十三年后　重逢又分别

“姐姐，姐夫：我的外甥，外甥女怎么样……”

黎秀芳捧着二弟寄来的信，仔细地看了又看，泪水奔涌而出。她不时地仰起头来，不想让泪水沾湿信纸，模糊了上面的字迹。

那是1979年的一天。和平日一样上班的黎秀芳，突然接到一封从美国来的信，居然是二弟黎模斌寄给她的！

1948年以后，黎秀芳和迁往海外的家人失散，这是三十多年以来她收到的家人的第一封信。

黎秀芳对他的学生兰万荣说：“我弟弟还不知道啊，我一直没有结婚，哪里有他的‘姐夫’‘外甥’啊。”说着说着，她便又落泪了。

二弟是如何将信寄到兰州的呢？原来，家人离开之后，一直没有放弃通过各种途径寻找黎秀芳的下落。在改革开放后发行到海外的《光明日报》上，家人读到了报道黎秀芳事迹的文章，终于得知她还活着，于是马上修书一封，寻黎秀芳“回家”。

这封信从美国寄到北京，然后又转到上海、杭州、广州，历经半年多的时间才到了黎秀芳的手上。

从信中，黎秀芳了解到，许多年来，家庭成员散居在台湾、香港和美国等地。父亲黎离尘，带着思女的惆怅，已经安眠在台湾岛的一座石碑下。继母健在，已 80 高龄，此时正与三个儿子、四个女儿聚在美国等候长女去团聚。

接到信的两年后，1981 年 6 月，与家人阔别 33 年的黎秀芳，飞往美国旧金山探亲。家里所有人都去机场迎接她。母女相见，格外激动，她们紧紧拥抱在一起，相互擦着倾泻的泪水，连从未见过面的侄儿、侄女也泪流满面。

在美国生活的四个月里，弟弟每天早晨起来都要给黎秀芳鞠躬。她在家里非常受尊重。母亲说："我八十多了，你也六十多了，留下来相互有个照应。咱们条件很好，你在美国也能生活得很好。"

然而这一次，黎秀芳还是没有选择和家人一起。

她流着眼泪说："我不能留在这里，国家培养了我，共产党给了我那么多的荣誉，我的学生在祖国，我的事业在祖国。"

四个月的时间，太短暂了。要说的话还没有说完，黎秀芳就要再一次离开家人了。侄女黎烈芬回忆，送姑姑回国的那一天，姑姑在机场的天桥上驻足回首，虽然相隔有一段距离，但是她分明地感觉到姑姑眼中闪烁的泪光！

六十年里　思念未曾歇

1992，当黎秀芳再次"见到"父亲时，他已经长眠在台湾岛的一座墓碑下。

黎秀芳伸手抚摸石碑，渗入指尖的是石碑的冰凉。父亲的温度，她再也感受不到了。

她跪在父亲墓前，小声说着：“阿爹，我来了。”

黎离尘晚年对黎秀芳非常牵挂。他经常在家人面前念及长女，甚至取“芬芳”之意，为孙女起名“烈芬”，以寄托他对女儿的思念。

1969 年，黎离尘弥留之际，不停喊着黎秀芳的名字，“韫儿，韫儿”；他反复嘱咐家人：“一定要找到韫儿，接她回家。”

为了事业，当初黎秀芳没有跟随父亲到台湾，她对这个选择并没有后悔过。但是，无法对父亲尽孝，却成为黎秀芳心头挥之不去的痛。

在黎秀芳晚年身体状况急剧恶化的日子里，已经意识不清的她喊得最多的就是“阿爹”。被病魔折磨得疼痛难忍的她，喊着：“阿爹，阿爹，我要回家！”

她把赶来探望的二弟当成了父亲，拉着二弟的手，挣扎着硬要从床上起来：“阿爹，我要给你做饭，我给你做饭！”

陪伴黎秀芳走过最后岁月的护士说，黎秀芳一直带着一只手表，黑色的表带，表盘上写有英文。手表已经非常破旧了，秒针早就不走了，但是黎秀芳从来不摘。一次护士为了擦澡方便，趁她昏迷把表摘掉了，她清醒过来之后马上四处找。

原来，这手表是父亲早年送黎秀芳的礼物。那时候她还是活

兰州兰山

蹦乱跳的小姑娘，现在已经是满头白发的老人了。

从 1948 年父女分别到 2007 年黎秀芳去世，漫漫时光六十载。在这六十年里，她对父亲的爱从来没有减弱，她对父亲的思念一刻也未曾停歇。

桃李五千　“校长就是我们的妈妈”

她远离家人，孤身一人奉献在西北高原。

她终身未婚，将全部的爱都给了她的事业、病人和学生。

学生们都称呼她为黎校长。

黎校长对待学生，像妈妈要求孩子那样严格。学生兰万荣说：“每次校长见到我，都要批评我，说我这里做得不好，那里做得不够，我都六十多岁了，还是害怕我们校长，她就像我的妈妈一样。”兰万荣说，有时候自己被批评得不高兴了，说：“我走了，不来了。”校长就会说：“你看看你，怎么一点儿批评都听不进去呢？不能走，你想走也不让你走。”校长总是关切地问他在工作中表现怎样，发表了多少论文，并教导他“对病人态度要好，要好好学习、抓好基础，不要等头发白了，胡子长了，无所作为”。兰万荣在校长的鞭策下，拼命学习，在退休之前发表了二十多篇论文。他感叹，自己的每一点进步都离不开校长对他的鞭策。

黎校长对待学生，又像妈妈对待孩子那样细致和贴心。学生邹美芬，母亲已经过世。校长知道她在值班室过春节，就亲自做了一锅“平安菜”，并亲自送到值班室。那时，校长已经八十多岁高龄。邹美芬开门时，看到校长在保姆搀扶下，颤颤巍巍地站在门口，手中提着送她的“平安菜”，里面有花生、红萝卜、鸡蛋、牛肉等 12 种菜，眼泪夺眶而出。她说：“校长就是我的妈妈。”

黎校长自己生活特别简朴，最贵的衣服也不过几十块钱。但是一听说哪个学生有困难，就马上拿出几千块钱来救助。

1988 年，学生们共同做了一块“吾爱我师”的匾额送给黎秀芳。黎秀芳非常喜欢这个礼物，将它挂在起居室的墙上。

黎校长住院期间，探望、打电话问好的学生络绎不绝。黎校长去世后，听说有媒体要来采访校长生前事迹，这些学生们都十分积极地接受采访，向记者们诉说黎校长对他们的教诲，他们总怕说得不够仔细，无法让别人全面地了解他们的“校长妈妈”。

经常，他们说着说着，便红了眼眶。

谁说校长无子女？这五千个学生，都是她的孩子。

华陵山上　止不住的道别者

黎秀芳的追悼会，在华陵山上举行。

那天，听说是黎秀芳在这里开追悼会，很多其他灵堂的人围了过来，要进灵堂给黎秀芳鞠躬。当时负责布置灵堂的护士李娟说：“那么多的人要进来，我和另外一个科长，止都止不住。”

“我知道她，她得了国际南丁格尔奖章！”

“听说从来没有结婚，一直一个人留在兰州，就是为了搞好事业……”

“当时是大官家的小姐，偷偷跑来兰州的……”

“年轻的时候好漂亮的，对病人非常好，是个了不起的女性啊……”

他们是从报纸上看到黎秀芳的事迹的。黎秀芳去世时，西北部分媒体曾对黎秀芳的生平进行过介绍。她为了护理事业奉献一切的精神，深深地打动了读者。

一些鞠过躬的人还给山下的朋友打电话，“你知道吗，我们旁边是得过南丁格尔奖章的黎秀芳的灵堂，我们都给她鞠躬了！”山下的朋友便回答说，“那能不能帮我们也鞠个躬，烧个纸？”

于是有好多出去的人又重新回来鞠躬，他们有的是代朋友、有的是代家人，说一定要表达一下对黎秀芳的敬意。

为了事业，黎秀芳的确牺牲了很多亲情。

但是，她收获了更多人的爱戴和尊敬。

黎秀芳是孑然一身的，但是，她决不孤单，无数人的敬意伴随着这个黄河的女儿，直到永远。

（摘自“中国文明网”，2017 年 7 月 31 日）

路易·艾黎在山丹培黎石油学校度过的10年时光

佚　名

路易·艾黎和他的养子们

他在中国60年，终身未婚，却儿孙满堂；被誉为“对中国帮助最大的十个外国人之一”；被邓小平称为“中国人民的老战士、老朋友、老战友”；他就是路易·艾黎。

2009年12月8日，人民大会堂西大厅举行了一场特殊的颁奖典礼。获奖者是由5600万中国网民投票选出的，涵盖了中华人民共和国成立前后100年间，对中国帮助最大、最受中国人民爱戴的十位国际友人。专程从新西兰赶来的菲利帕女士代表已故伯父，接受了这个荣誉。她手中的翡翠奖牌上，镌刻着一个伟大的名字——路易·艾黎。

路易·艾黎在中国工作奋斗长达60年之久，成为新西兰的传奇。他在中国人民最苦难的时刻来到中国，为遭受严重剥削的工人奔走呼喊，为贫苦孩子们创办“培黎工艺学校”；他自愿赴灾区救助难民，把自己的一生全部献给了中国人民。他终身未婚，却儿孙满堂，他在中国收养的子女，如今很多已经四世同堂。时过境迁，但这些子女却都深深铭记着他们的亲人——路易·艾黎。

去中国看个究竟

“你灿烂的微笑留在我们心中，你慈父的情怀温暖着我们，你把一生交给我们的土地，你把思念留在我们的心间，爷爷，我仿佛听见你坚实的脚步；爷爷，我忘不了你忙碌的身影……”见到段海英时，她唱起了《为爷爷写的歌》。段海英是路易·艾黎的养子段士谋之女，父亲虽然去世多年，但她和母亲至今仍对艾黎满怀深情、记忆犹新，“我的父亲是山西人，爷爷是新西兰人。”段海英常常这样介绍自己。

段海英很小的时候，就听父亲讲起爷爷的传奇。“爷爷30岁时，从新西兰来到中国上海，他原本只办了6个月的签证，想看看这个神秘的国家，可后来却一待就是60年。”

1897年，路易·艾黎出生在新西兰南岛坎特伯里区的斯普林菲尔德，父亲是一位中学校长，母亲曾积极参加女权运动。艾黎从小在一种艰苦劳动、遵守纪律、尊重教育、挑战权威的家庭环境中长大，在基督教男校中的成绩只是中等。1916年，19岁的艾黎如愿走进了军营。在那个年代，对年轻人来说，战死疆场，让自己的名字刻在阵亡将士名录上，是值得骄傲的英雄。艾黎被编入新西兰远征军，经过一段时间的训练后，被派往英国，不久转往法国。1918年8月，他由于在第一次世界大战中表现出色，还荣获了原威尔士亲王勋章。

20世纪30年代，世界经济大萧条，新西兰也受到冲击，出口不断下降。而报纸刊出消息“中国已经成为一个被革命震撼的国家”，艾黎萌生了去中国看个究竟的想法。1927年4月21日，他在上海十六铺码头下了船，第一次踏上中国的土地。但他并不知道，几天前，这里发生了“四一二”大屠杀，数千名共产党人和工人遭到逮捕和枪杀，整个上海笼罩在一片白色恐怖的氛围中。

段海英回忆：“爷爷经人介绍，在上海公共租界的工部局消防处找到了一份工作，当上了虹口救火会的一名小队长。他和同事们有些不一样，不吸烟，也不喜欢跳舞，就热衷于到小巷子里的工厂和车间去检查消防安全，这项工作当时没有人愿意主动去做。”因为工作出色，10个月后，艾黎被任命为消防处队长级的督察。1932年，又被任命为上海租界工部局工业科首席工厂视察员。艾黎从早到晚辗转各个工厂，最让他痛苦的，是看到当时缫丝业体制下童工所遭受的令人难以置信的折磨。

“爷爷说，许多孩子不过八九岁，每天要在煮茧的大槽前站12小时，如果童工把一根丝理错了，工头就用开水烫他的小胳膊作为惩罚。不少童工因遭工头痛打而哭叫。”在艾黎的奔走呼吁下，上海公共租界内的缫丝厂开始减轻工人的劳动强度。艾黎还和刚到中国的美国医生马海德一起，搜集电池厂童工的尿液，进行“铬中毒”研究；他还进行了纱厂工人包身工制、住宿制的调查，对那些严重剥削工人并酿成事故的工厂老板尽量施加压力，要求改变。但他们敷衍不办。这时，他渐渐明白，仅凭一己之力，力量太过薄弱。

“只有一个光杆司令的救世军”

1929年，艾黎决定利用自己的假期，参加在绥远地区的赈灾工作。在火车上，他结识了美国记者埃德加·斯诺，他们也是这列火车上仅有的两个外国人。在车站休息时，斯诺看到在站台上散步的艾黎，他后来在文章中回忆：“艾黎被太阳晒红的面孔，满脸风尘，上面的头发乱蓬蓬地竖起，当他用那粗壮的两腿，按照他的特殊姿态立着，他看来好像植根于地上似的。他的大头，好像一座石头大山雕刻出来的侧面，引起我的注意……整个夏天，艾黎都在斑疹伤寒患者中间工作，发放救济粮，修筑灌渠，护理病弱儿童。他为什么这样做？我不理解这支只有一个光杆司令的救世军。”

从绥远回来不久，一批灾区的孤儿被红十字会送到上海，艾黎收养了其中一名 14 岁男孩，也就是段海英的父亲段士谋，他给这个孩子起了个英文名字叫“阿兰”。“爷爷当年给红十字会付了 60 块大洋，说要领养一个绥远的灾童。红十字会先找来一个‘少爷’，爷爷说他不要富人子弟，要找穷人家的孩子。第二次，他就看中了父亲。他说父亲看上去聪明伶俐，又很朴实，走起路来还有一点骑士的风度，他非常喜欢。”

1932 年年末，艾黎经一位美国朋友介绍，认识了美国记者史沫特莱，通过史沫特莱，又结识了宋庆龄、鲁迅、冯雪峰、陈翰笙、黄华等一批中国进步人士。艾黎经常与志同道合的朋友一起读有关马克思主义的经典著作，讨论世界和中国，特别是上海的形势。

在上海的日子，艾黎逐渐和革命组织建立关系，他的住所成了很多地下党员的活动场所。段海英说：“当时为了安全，他还给父亲和后来收养的迈克定了三条家规，不能问来的人叫什么名字；不许问他从哪儿来；不能问他到哪儿去。父亲还记得爷爷让他帮忙寄包裹，让他拿左手写字，就为了不容易被人辨认身份。”1935 年年底，艾黎还承担起一项新的任务——在家中架设秘密电台，与正在长征的红军保持通信联系。“因为爷爷住在公共租界，他专门找来一个工程师，把电台的电源直接接在外面的公共电表上，不容易被察觉。但时间长了，公共租界的人还是产生了怀疑，开始挨家挨户地询问。查到爷爷家时，他来不及拔掉电源线，爷爷本身就是公共租界的一名官员，他就像对待自己的老朋友一样，把客人迎进来，很镇静地请他们到地下室。这时，工程师看到一个旧冰箱，断定是冰箱漏电引起电量增加，爷爷才化险为夷。”当年，通过一个外国人作掩护，是相对安全、有保障的。因为他们住在租界，受到保护，比较容易开展革命工作。抗战全面爆发以后，艾黎将自己的养子送到了延安去参加革命。

开展“工合运动”，面见毛主席

2008年，好莱坞著名导演、执导007系列之《明日帝国》的斯波蒂伍德，推出影片《黄石的孩子》。电影被称为“中国的辛德勒名单”，讲述了抗战时期一名英国青年乔治·何克为了革命理想来到中国，帮助战争孤儿的故事。这部电影就是根据艾黎撰写的传记改编的。何克确有其人，他不但和艾黎结下不解之缘，两人还共同收养了一个孤儿，名叫聂广沛。记者几经辗转找到了他。

1937年，抗日战争全面爆发。艾黎辞去上海的工作奔赴武汉，他的新头衔是“中国工业合作协会”技术总顾问、代理总干事。当时，中国70%的现代工业陷入瘫痪，艾黎写了一份关于中国生产问题的调查，并提出建立工业合作社。宋庆龄看到这份报告时笑着说，艾黎又收养了一个“孤儿”。为了使“工合运动”

在全国广泛地开展起来，6 年间，艾黎奔走了大半个中国，行程达 3 万公里，援助了 20 多万失业者和难民。

1939 年 2 月，艾黎搭乘印度援华医疗队的车来到延安，第一次见到了毛主席。那是一次突然的会面，他回忆说：“当时我正同朱德坐在那里，还有许多部队的司令员，毛泽东忽然走了进来，我用上海话夹杂着南方话和他交谈，他善于倾听别人讲话，总是启发你多讲。”艾黎向毛泽东介绍了工合成立以来的发展状况，毛泽东表示赞同他们的事业，并鼓励艾黎坚持下去。他们的谈话持续了很长时间。

1938 年至 1942 年是工合运动蓬勃发展的时期，经过艾黎和同仁们的奔波努力，全国各地的工合组织从 1938 年的仅有 69 个，发展到 1942 年的 1590 个，月产值达 2400 多万元。工合的产品供应军需民用，不但成为反封锁的有效手段，还对堵截日货的倾销，打击日军“以战养战，以华制华”的策略起了重要作用。抗战期间，工合国际委员会募集到来自世界各地的捐款达 500 万美元。

英国青年何克，就是看到工合组织后，主动找到艾黎要来帮忙。他后来成为艾黎的得力助手，先后担任工合的秘书兼视察员。当时，聂广沛的亲生父亲是一名地下工作者，公开身份是工合下属学校的一名教师。后来因身份暴露，他匆匆转往革命根据地，就将一家老小托付给了何克。聂广沛常说自己有 3 个爸爸，“何克把我从死亡线上救出来，后来把我送进艾黎创办的学校。”

在甘肃省河西走廊的腹地山丹县，有一座山丹培黎学校，作为甘肃省重点中专，声名远扬，为新中国培养了大批工业技术人才。校园里随处可见艾黎的塑像。1940 年，艾黎在陕西双石铺镇着手创办培黎学校，把学校命名为“培黎”，意思是为黎明而培养。在山丹培黎学校，艾黎度过了将近 10 年的时光，潜心于教育工作。

创办学校初期，何克作为双石铺培黎学校校长，以延安的革命精神和八路军的思想作风来管理学校，教育学生。20 世纪 40 年代，日军从东往西占领了陕西潼关，逼近双石铺。何克带领着 60 多名中国孩子躲避战火，从双石铺出发，翻山越岭 2000 多公里，抵达甘肃山丹，培黎学校也迁往此处。然而 1945 年，何克却因为在一场篮球比赛中受伤，染上了破伤风，去世时年仅 30 岁。至今，山丹祁连山脚下，还竖立着他的墓碑。

终身未婚，儿孙满堂

聂广沛说，这两位外国人对自己影响至深。“因为小时候爹走了，亲妈死了，按理说一个孤儿童年应该是很不幸的，可是我恰恰遇到了一个英国人，一个新西兰人。小时候他们照顾我的生活，长大了管我们的学习和吃喝拉撒。对我来讲，从没有觉得自己是一个孤儿，我有家，有爹有妈。那个爹（艾黎）就是妈……”聂广沛还记得，孩子们的头发长虱子，他就给孩子剃头；每个礼拜都去水池给他们洗澡。他们开始不敢下去，都被艾

山丹军马场

黎一个个推了下去，但他也下去保护他们；他担心孩子缺乏营养，千方百计弄来大桶的鱼肝油蘸馍馍给孩子吃。“我现在没有一天不在想念他，我一直挂着他的照片。艾黎就像我的母亲一样，他在我脑海里的记忆是不可能忘掉的。培黎学校让当年很多吃不饱、穿不暖，甚至生命都有危险的孩子，找到了一个共同的家。”

1953 年秋天，艾黎从山丹搬到北京永久居住，专职从事维护世界和平运动的工作。1972 年，随着美国总统尼克松访华，中国与西方的关系开始松动，新西兰也在同年 12 月 22 日与中国建立了大使级外交关系。当时的西方世界对中国所知甚少，大使们到任后一片茫然。但新西兰的外交官发现，他们并不需要从零开始，因为这里有一个“宝贝”，那就是路易·艾黎。“他对中国了解那么多，又广受尊重。我们得到了他最热情的指点和帮助。澳大利亚的大使简直嫉妒我们了。”一位新西兰驻华大使这样回忆。

从 1958 年起，艾黎在北京台基厂大街一号的小楼里居住了 29 年。他的生活简朴无华，每天的饮食既简单又单调，他不吸烟也不喝酒，马海德大夫的夫人苏菲为他织的毛衣，直穿得边破线断，也不肯买件新的。曾担任艾黎秘书的李建平说：“他基本没什么积蓄。每月工资 800 元，扣除生活费之后，剩下的钱不是为山丹培黎图书馆买书，就是资助学校的建设。他去世时，银行里的存款只有 3400 多块钱。”

艾黎终身未婚。但是他的晚年生活却充满天伦之乐。每到周末，在北京的几个养子都会带着孩子到艾黎这里欢聚。“他老人家80多岁高龄的时候，每天还戴着老花镜，滴滴答、滴滴答，一直在那不停地用那个机械打字机费劲地敲字，我记得他的著作有53本，译作是13部。我有时候看着他的背影，心中特别感动，一个80多岁的老人，终身矢志不渝地为自己所喜爱的事业奋斗，像我们60岁退休了，退休后，好像什么事情都没有了。”段海英说。

艾黎多方面的成就赢得了众多的荣誉头衔，包括作家，诗人，教育家，“工合之父”，北京市、甘肃省荣誉公民等等。1977年12月，“文化大革命”后刚复出的邓小平，在艾黎80岁生日宴会上尊称他为“中国人民的老战士、老朋友、老战友”，总结他一生的贡献时说：“为中国革命事业尽力的国际朋友有千千万万，像艾黎同志那样五十年如一日，在我们艰难困苦的时期，在我们创业的时期，在我们胜利以后，始终如一地为中国人民做了大量的工作，这是不容易的，所以他受到中国人民理所当然的尊敬。”这是代表中国政府和人民对他在华一生的崇高评价。艾黎热爱中国的儿童，在晚年，他把更多的爱投向可爱的孩子们，每年都会印一本新年小画册，刊登他在中国各地拍摄的儿童照片。

从1985年起，艾黎的身体每况愈下。1987年12月27日，他因患脑血栓并发心功能衰竭，在北京逝世，享年90岁。他在自传中写道：“在中国我十分荣幸地被当作一名工作同志，在这里我生活得很愉快，我是一个新西兰人，但我也变成了一个中国人”。

（摘自“山丹旅游网”，2016年11月17日）

忆父亲邓宝珊与北平和谈

邓团子

父亲是甘肃天水人，生于1894年11月，我祖父给他起的名字为瑜，据说是希望他能成为美玉。但由于家境贫苦，祖父早逝，父亲只念了两年私塾，就被迫辍学谋生，贴补其兄嫂家用；嫂嫂性情暴躁，常拿父亲出气，而父亲聪明内向，个性耿直，在忍无可忍的情况下跑到兰州当了学徒。父亲告诉我，他当学徒时，遭到烟厂老板殴打而被迫还击，只好跑到姐姐家要了两吊钱，逃至城门处见有新疆招兵告示，便下决心投军，年龄不够，以个子高多报了两岁，才如愿以偿，并随军步行数月远走新疆。军中有暇时就到一位老秀才家帮助打扫庭院和挑水。日久天长，果然奏效，秀才的老婆劝秀才："人家孩子想跟你学两个字，干了半年活儿，你硬不收徒，实在太说不过去了。"父亲如愿了，跪拜老师。这为他日后能诗能文打下了基础。父亲的一首诗生动地描绘了他少年时代的艰辛生活。诗名《幼年出玉门关》。诗曰："髫龄失怙走天涯，荆花憔悴惨无家。马蹄踏遍天山雪，饥肠饱尝玉门沙。"这是1963年我陪父亲去海南养病时，他亲口讲的。

1910年父亲在新疆从军时，就加入了孙中山先生领导的同盟会，后来参加了伊犁起义、辛亥革命、倒袁、北伐等，追随中山先生，赞同联俄、联共、扶助农工的主张，一直和共产党有着联系和深厚的友谊。

说来话长，20世纪20年代初，父亲就和李大钊、刘伯坚、葛霁云等早期共产党人有了交往。在担任国民联军驻陕西司令部的副总司令时，曾有许多共产党员在其总部任职。有陕西共产党的创始人魏野畴，有杨明轩、刘伯坚，后来刘被俘后，曾在遗书中表露出对父亲的感谢和怀念，因为父亲保护过刘伯坚的家属，并表示要抚养他的后代。1926年，父亲开办军官教导队，聘请邓希贤（邓小平）担任政治教官。

1927年国共分裂后，我父亲对那些受到迫害的共产党人和进步人士、青年学生都尽力掩护和援助。1927年5~6月间，刘伯承在四川起义失败后，由川入陕，父亲不仅解囊相助，还为他开了护照，使他脱离了困境。

这期间，父亲旅居上海，进行反蒋活动，处境很不好，可还是坚决主张国共合作。为此，他的行动受到特务的监视，特务们后来竟然通过法租界巡捕房逮捕了父亲，经过大律师郑毓秀的奔走营救，父亲终于获释，他身处逆境而不改初衷，仍然保持着与党的友谊。

父亲与傅作义先生相识数十年，抗战中时相往还，尤其在绥远解围之后，傅伯伯对父亲的足智多谋更加敬佩，对父亲的为人正直更加尊重。1945 年年底父亲从绥远飞北平，阔别 8 年，我已从小学生成为大学生（1937 年父亲乘杨虎城伯伯出国要赴沪相送，绕道北平来看望我的大姨母和我）。父亲到后数日闭门谢客，次日清晨父亲给我详细谈了我母亲、妹妹、两个未见过面的弟弟在 1941 年惨遭日本飞机轰炸殉难的经过，父女二人相对哭泣良久。父亲这次是专来带我去兰州扫墓的。

对内战一直不满的父亲于 1948 年 8 月到北平与傅伯伯分析时局，指出华北实现和解是有可能的，但父亲的努力收效不大，他为此很苦闷。

北平围城后，形势日益紧张，当时许多人主张打，又有些人主张和，这时傅伯伯思想极度矛盾。在他拿不定主意的时刻，有人劝他让邓宝珊来是最好的办法，他也决心请父亲出主意。

1948 年 12 月的一天，父亲打电话让我在家等着，他晚上到天坛机场后，已和傅伯伯去中南海（我住在东四孙家坑 51 号姨母家，父亲每次来北平都住在这里）。

直至深夜父亲才回来，是傅伯伯派专机“追云号”接他的，他此次来北平负有重要使命，为此他吩咐副官这几日先不会客。

白天，家里时有客人来访，但父亲一般都是外出看望一些进步人士，会见一些地下党成员。

每到夜晚，他就到中南海和傅伯伯见面，时常带着我，有时也带傅冬菊。他和傅伯伯在办公室，在大厅一侧，我和傅冬菊坐在大厅可以听到父亲和傅伯伯时高时低的话声，也可以透过半透明的玻璃看到傅伯伯不停地徘徊。我当时感到他的思想极度不安，忠良自古无降将，何况他的兵力强大，和战之间决心难下。这种情况下父亲对他也必须有耐心，每次都要到深夜才回家，这样往返多次。父亲甚至对傅伯伯说:“我们都已年过半百，戎马生涯数十年，为了国家强盛，人民安宁，和平解放，顺应潮流，合乎民心，保住古都，人民免遭涂炭，至于个人荣辱应置之度外……”最后傅伯伯才下了决心。未料正在进行商讨和谈步骤之际，蒋介石又派徐永昌飞来北平，鼓励傅坚守北平。但为时已晚，徐和父亲私交多年，父亲好言相劝，在徐住了两天后就礼送他离开北平。

1949 年 1 月中旬的一天，父亲非常严肃地对我说:“我要以傅伯伯的全权代表的身份出城去几天，你房间的电话要守好，任何人要见都说我不在家，绝对不能说出城，千万保密……”

父亲敢于把这么重要的事透露给我，是因为他知道我曾和进步的几位同学试着出城去解放区未果；曾给北大进步学生藏匿过宣传品，因为我的住处是无人敢来搜查的；曾托人借车往城外运送过粮食……而我的所为也是和父亲对我的影响分不开的。

这一年的冬天出奇的寒冷，守电话的日日夜夜我正在感冒发烧，偶然听到城外依稀的枪声，也替父亲担心害怕，心里焦急万分。这5天是漫长的。

一天，父亲回来了，看起来十分疲劳，脸有点肿，但非常高兴，他告诉我这次是作为傅伯伯的全权代表和林彪、罗荣桓、聂荣臻、陶铸会谈的，由于前两次傅派去的人谈判未成，给这次的谈判增加了困难，双方意见一时难于统一，又担心城里个别部队有变，心里很着急，他就建议把双方的意见电告毛主席，由主席定夺。没想到毛主席接到林彪等人的电报，立刻回电："经邓先生达成的协议是可行的，我们对邓先生完全信赖。"回电的第二天一早，林彪就对父亲说："毛主席复电尊重邓先生的意见。"父亲谈判成功，促成傅伯伯下定了和平解放北平的决心。

当时，北平《新民晚报》发表了题为《北平这和谈的一把钥匙——邓宝珊将军》的文章，热烈赞扬了父亲对北平和平解放所做的贡献。我为父亲感到光荣，我想父亲是当之无愧的。

（摘自《纵横》1999年第1期）

致　谢

四月芳菲醉，人间仲春时。在这个充满诗意的季节，陇原大地春意盎然，如诗如画。继三月成功推出《读者丛书·国家记忆读本》之后，我们步履不停，继续前行，又策划了第四辑“读者丛书”《人文甘肃读本》，献给我们生活的这片热土和我们一直深爱的读者。

陇原大地，历史悠久，人文丰厚，“丝绸之路三千里，华夏文明五千年”是长期以来人们对甘肃人文历史形成的深刻记忆和印象。而甘肃历史文化的厚重和悠久也使得它似乎缺少了一种现代的灵动和朝气。为了打破这种印象，也为了让读者更加了解甘肃、了解甘肃历史人文，我们在编辑《人文甘肃读本》的过程中试图转换一个新的视角，以名人、名家的视角去看甘肃人文历史，以艺术和文学的触角去抚摸陇原大地，让读者感受一个不一样的甘肃。丛书围绕甘肃人文历史这一主题，从各种图书、报刊、网站上精选了100多篇名人、名家书写甘肃的名篇，让读者在纯粹而轻松的阅读中了解人文甘肃，走进陇原大地。

在丛书的策划、编辑出版过程中，得到了读者出版集团、读者杂志社领导的多方指导和帮助，在此深表谢意！与此同时，丛书的编选也得到了绝大多数作者的理解和支持，他们对作品的授权选编和对丛书的一致认可使我们消除了后顾之忧，对此我们表示诚挚的谢意！尽管我们尽力想同各位作者取得联系，但由于各种原因依然未能联系到部分作者，对此我们深表歉意，也请这些作者见到图书后与我们联系。我们的联系方式是：甘肃人民出版社（甘肃省兰州市读者大道568号，730030，联系人：张菁，15719333025）。

人间最美四月天，在这美好的仲春时节，《读者丛书·人文甘肃读本》的出版发行让我们这些出版人感到无比欣慰和激动，因为这是我们献给我们生活的这片土地和我们热爱的读者的最好礼物！

读者丛书编辑组

2019年4月